Marge in Charge

皇家保姆玛吉驾到

[澳大利亚] 艾拉·菲舍尔（Isla Fisher）著　　[法] 爱格兰蒂·瑟勒芒斯（Eglantine Ceulemans）绘

中国青年出版社
CHINA YOUTH PRESS
中青文传媒

图书在版编目(CIP)数据

皇家保姆玛吉驾到 / (澳)艾拉·菲舍尔著;(法)爱格兰蒂·瑟勒芒斯绘;陈薇薇译 .
—北京:中国青年出版社,2019. 3(神奇保姆玛吉)

书名原文:Marge in Charge

ISBN 978-7-5153-5397-5

Ⅰ.①皇… Ⅱ.①艾… ②爱… ③陈…

Ⅲ.①儿童故事—图画故事—澳大利亚—现代 Ⅳ.①I611.85

中国版本图书馆CIP数据核字(2018)第254037号

皇家保姆玛吉驾到

作　　者:[澳]艾拉·菲舍尔
绘　　者:[法]爱格兰蒂·瑟勒芒斯
译　　者:陈薇薇
策划编辑:向琳君
责任编辑:胡莉萍
美术编辑:张燕楠
出　　版:中国青年出版社
发　　行:北京中青文文化传媒有限公司
电　　话:010-65516873 / 65518035
公司网址:www.cyb.com.cn
购书网址:zqwts.tmall.com　www.diyijie.com
印　　刷:北京诚信伟业印刷有限公司
版　　次:2019年3月第1版
印　　次:2019年3月第1次印刷
开　　本:880 × 1230　1/32
字　　数:80千字
印　　张:5
京权图字:01-2018-4035
书　　号:ISBN 978-7-5153-5397-5
定　　价:89.90元(全4册)

Photo by Jim Spellman/WireImage

艾拉·菲舍尔，好莱坞知名演员、作家，曾长期固定出演电视剧《聚散离合》，并相继参演《一个购物狂的自白》《惊天魔盗团》《了不起的盖茨比》《守护者联盟》等电影，在此期间出版了畅销小说《名利有货》和《欲罢不能》。她有三个孩子，每天都会给他们讲自己编的睡前故事，这套风趣幽默的《神奇保姆玛吉》就是这样诞生的。

爱格兰蒂·瑟勒芒斯，法国知名绘者，毕业于里昂mile Cohl高等艺术学校，会大胆使用不同的材料和技巧进行创作，作品幽默且细腻。

巴顿一家
妈妈
爸爸
杰克
我（杰米玛）

CONTENTS

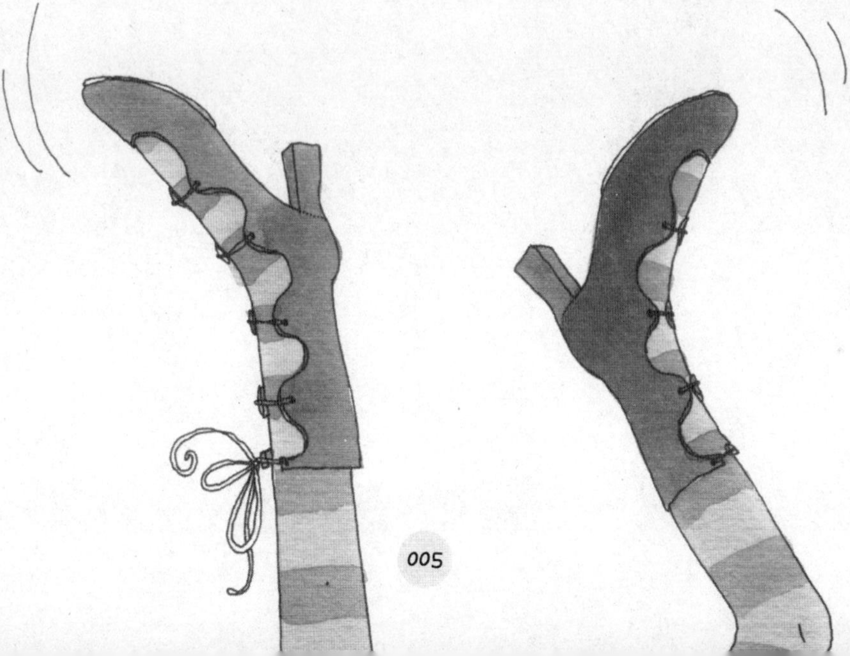

Marge Babysits

皇家保姆玛吉驾到

我叫杰米玛·巴顿，今年7岁了，是全班个头最高的女生。我弟弟叫杰基庞茨，不过大人们都叫他杰克，他4岁，喜欢摔跤、恐龙玩偶和冰激凌。

我们和爸爸妈妈一起住在一幢普普通通的房子里，我们的家也在一条普普通通的街上。我们是一个普普通通的家庭，但从新保姆来我家的那一天起，一切都变了。

那天是星期四，下午5点，我们全家人坐在餐桌旁，爸爸妈妈穿上了漂亮的衣服。

“为什么要请保姆？”杰克问。

“因为我和你们妈妈要出去吃晚饭。”爸爸说着，轻轻地拍了拍杰克的小脑袋。

妈妈笑着接道：“所以得找人来照顾你们。”

我能看出来我亲爱的小弟弟很不开心，他哭了起来——好吧，其实是假哭。只见他哇哇地大叫着，一个劲地挥舞着手臂，好像一只走在滑溜溜的冰面上的小企鹅。

“你想读个故事吗？”爸爸拿出杰克最喜欢的书。

“我讨厌这本书！”杰克把书扔到了地上。

哦不，我咬住嘴唇。当杰克开始扔东西时，就表示他要发脾气了。要是我们的新保姆看到这个情景，她会怎么想呢？之前那个保姆来我家时，杰克躲在房间里用乐高积木搭武器，想用这个武器“消灭”她！因为杰克往爸爸的书桌上贴贴纸，被保姆训斥了一顿，而我不得不把贴纸一张一张地撕下来！

我希望杰克今晚能老实点，有时候，他会变得很倔强，十分淘气。

“晚餐有你最喜欢的意大利通心粉。”妈妈一边说一边把通心粉放进冰箱。杰克的脸上刚露出一丝笑容，又立马板了起来。

“还有西兰花，”他生气了，“我不喜欢吃西兰花，我也不需要保姆，绝不。”他大声嚷着。

“如果把西兰花放在你蓝色的霸王龙盘子里呢？”妈妈问道。

“那样我更不爱吃了！”杰克强烈抗议着。

妈妈有些不知所措，看了爸爸一眼。

人人都知道我弟弟定了两条规矩：

1. 他不洗头发，因为他觉得洗头发“很无聊”。

2. 他不吃西兰花，坚决不吃。

但我们马上就会认识一个很神奇的人：我们的新保姆。

叮咚，门铃响了。

杰克立马停止了假哭，冲到了门口。他透过窗户往外看了一眼，然后脱掉了运动短裤，把裤子套在头上。当杰克想摔跤或者不想让别人进家门时，经常这么干。每次戴斯蒙德叔叔来我家，他都会这样。

“穿上短裤。”妈妈严肃地说。爸爸走过去打开了门。

“这是玛吉！”爸爸的口气好像他是在跟上司讲话那样。

我躲在爸爸身后偷偷地看这位客人，每次见到陌生的大人时，我总是表现得很害羞。

她来了——

我们的保姆玛吉！

门厅站着一个个头很小的人，身高只到爸爸的胳肢窝这里！她戴着一顶小小的黄色羊毛帽，脸上架着一副老花眼镜，表情十分严肃。我的心里开始打鼓，生怕她和幼儿园的老师拉特利夫人一样严厉。拉特利夫人要求我们把自带的午餐全都吃光，哪怕三明治已经变得软塌塌了，也必须吃完。

她挺着一个圆鼓鼓的肚子，两条腿仿佛两根细棍子，膝盖往外突出，像是会长出分叉的树枝一样。

“你好，玛吉。”我鼓足勇气，笑着和她打招呼。

但杰克只对玛吉的身高感兴趣，她肯定坐不了过山车，就连杰克用来当超级英雄秘密基地的纸板盒都比她高。

“你到底是小孩，还是大人？”杰克凑近玛吉，仔细打量着她。

“当然是大人了。”玛吉高兴地回答。

“那你为什么长得这么矮？”杰克不依不饶。

“嗯，那**你**为什么长得那么矮？”玛吉反问。

“因为我才4岁！”杰克眼珠一转。他很喜欢转眼珠，虽然妈妈告诉他，面对大人时老是转眼珠是不礼貌的行为，但杰克就是不听。“你看起来已经有100岁了。”他哼着鼻子说。

爸爸妈妈看起来很担心，他们怕玛吉生气。出乎意料的是，玛吉仰着头哈哈大笑起来。我松了一口气，赶紧说：“我叫杰米玛。”

“很高兴见到你。”玛吉郑重地说，还和我握手，仿佛我是个大人。我情不自禁地

笑出了声。

“你是圣诞小精灵吗？”杰克问，“让我看看你有没有尖耳朵。”他好奇地瞅着玛吉脑袋的两侧。爸爸很紧张，开始咳嗽，示意杰克离玛吉远点。

“我把规矩贴在冰箱上了，”妈妈告诉玛吉，“如果还有问题，就找我的大女儿杰米玛，我们会在8点回来。”接着，妈妈转过身对我们说：“玛吉会照顾你们，记住要懂礼貌，要对她说‘请’和‘谢谢’。”

“我们会的。”我向妈妈保证。

我听到妈妈叮嘱玛吉，一定要让杰克把饭都吃光，尤其是西兰花，妈妈还希望玛吉能试着给杰克洗头发。她留下了手机号码，万一遇到紧急情况，玛吉可以打电话给她。

妈妈给了我一个大大的拥抱，爸爸也给了我一个大大的拥抱。现在我没那么紧张了，我对玛吉很好奇，可又担心弟弟调皮捣蛋。让我吃惊的是，当妈妈拥抱杰克，跟他告别时，他表现得很乖，和平常完全是两个样子。

我和弟弟站在玛吉两旁，在门口和爸爸妈妈挥手道别。他们的车一发动，我们就转身进了屋。

“你是小矮人吗?《白雪公主》里的小矮人？”杰克问。

“不是，我也不是欧帕伦帕人。”玛吉笑着说。

“欧帕伦帕人只在《查理与巧克力工厂》中出现过。”我说。

“你是赛马骑师吗？骑着马参加比赛？”杰克继续问。

玛吉摇摇头。

“你是开车来的吗？你的小脚怎么能够到汽车踏板呢？”杰克还在问。

“你肯定是把方向盘调低了。”我抢着帮玛吉回答。

“其实我坐在增高椅上。”玛吉说，她往前倾，一脸神秘的样子。

“因为个头小，所以我去博物馆只要买半价票就行了。”她得意地说着，摘掉眼镜，脱下豆绿色的外套，接着拿掉了

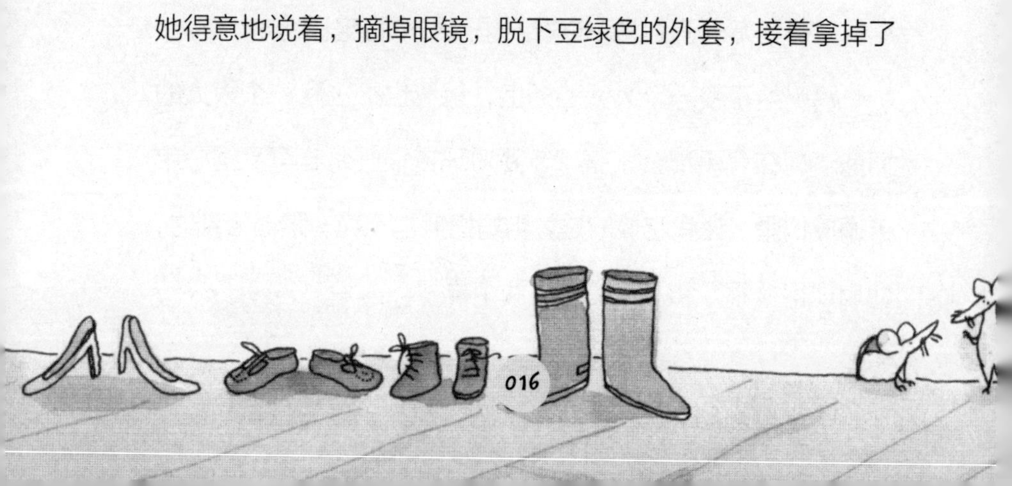

她的帽子。猜猜我们看到了什么？一头彩色的长发，一直披到腰这里！有绿色、蓝色、橘色、红色和黄色，就像一道五彩缤纷的瀑布。

我不禁好奇，如果妈妈看到玛吉鲜艳的头发，还会不会让她来照顾我们！

“哇哦！”我惊叹道。玛吉两脚交叉，做了个深呼吸。

“我的全名叫玛格丽·博雷加德·维多利亚·庞特伏瓦，我是一个女公爵。”

“女公爵？”我眨了眨眼睛，感到很疑惑，“你是公爵的夫人吗？”

玛吉笑了，蓝色眼睛周围出现了细小的皱纹。

“不，我的叔叔莱昂纳德是英国国王的第四个儿子。”

“你有孩子吗？”我问。

玛吉摇了摇头。

“但我养了十只宠物：三匹白色的迷你马，三只天鹅，两只圆点小博美犬，一只牙齿很长的雪貂，它的胆子可大了，还有一头得了白化病的水牛。”

我兴奋得不能呼吸了。

“我以前住在王宫里，但皇家卫队不允许我和宠物一起睡在床上。你知道王宫里有779个房间吗？我总是迷路。有时候，我找着找着就开始犯困，半路上就睡着了！所以我和我的宠物朋友们决定来一次大冒险，找个新家。”

杰克乖极了，我看得出来，他很喜欢玛吉的故事。

“你坐过公共汽车吗？”杰克问，他超级喜欢公共汽车。

“当然啦，”玛吉哼了一声，“我坐过红色的双层公共汽车、机场大巴，还有小型的公共汽车……”

北极：天鹅阿尔菲、阿尔文和阿诺杜不喜欢这个新家，因为太冷啦。

哇哦！这下，杰克真的对玛吉刮目相看了。

“但我最喜欢的交通工具还是由八匹巴洛米诺马拉的皇家马车。”

我有一肚子问题想问玛吉，比如她的动物朋友们是怎样的，还有她的生活是怎样的，但她突然跳起来，说：“你们的妈妈让我读一下贴在冰箱上的规矩，走吧！”

我们跟着玛吉来到厨房，她一字一句地大声念了出来：

1. 5点半吃晚饭，冰箱里有意大利通心粉和西兰花。

2. 饭后可以玩游戏，但玩完之后必须把所有的玩具都收好。

3. 6点半洗澡，如果可以的话，请帮杰克洗头发。

4. 7点半睡觉。

我很想继续听玛吉讲故事，但这会儿，她的表情非常严肃，“或许我们可以增加几条新规矩。”她说。

杰克发出了抱怨声，我的心猛地往下一沉。

“我不吃西兰花，现在不吃，以后也不吃。”我弟弟傲慢地说。

玛吉挑起一边的眉毛，拿过一张餐巾纸，边折边说：“我去过世界各地，参加过很多奇妙的晚宴，和很多王子、骑士、贵族以及他们的夫人一起共进过晚餐，我有一套专门做皇家晚餐的规矩。”玛吉的动作很熟练，她把餐巾纸变成了一顶漂亮的厨师帽，戴到了自己的头上。

我和杰克相互看了一眼，我们都很激动。做饭？我们的新保姆肯让我们自己做饭！我冲过去，拉开最下面的抽屉，翻出围裙，和杰克飞快地套上并系好。

“好嘞，让我看看……”大厨玛吉说，“**第一条：准备食物。**杰米玛，你当大厨的助手。”我根本不知道大厨助手要干些什么，但我开始忙着把玛吉要的东西放到一块。玛吉告诉杰克，他将担任服务员。

“服务员要摔跤吗？”杰克对着空气练习空手道踢腿的动作。

“要。但首先，他们得礼貌地询问参加晚宴的客人们想吃什么，然后记在这个小本子上。”玛吉递给杰克一个笔记本和一支银色的笔。

“可我只会写自己的名字，别的都不会写。”杰克叹了一口气。

“没关系，”玛吉说，“我看得懂歪歪扭扭的线条！我有那么多宠物，它们写的字，我都看得懂，不然，你以为我们平常是怎么交流的！”

哇！我一直想知道鸡会不会用手写字，哦，应该是用爪子写字才对。

“一开始，骆驼找我帮忙，奶牛给她写了一封情书，但她看不懂，所以想让我翻译一下。这可不是件容易的事，因为奶牛不用蹄子写字……”

“那它们用什么写字？”杰克好奇地问。

“当然是用它们的尾巴啦！”玛吉大声地说着，把一个碗递给我和杰克，“要知道，莱昂纳德王子用一块红丝绒生日蛋糕就赢得了我阿姨的芳心，这让丁克尔斯蒂奇男爵很不高兴。小心……”

我和杰克往碗里打了8个鸡蛋，杰克不小心把半个蛋壳丢进了碗里，但我们紧接着把面粉倒了进去，很快就看不见蛋壳

了。然后我们又倒了很多麦片，还拆了一包袋泡茶，也倒进去了。玛吉觉得我们是很有创意的厨师，但我不知道妈妈会不会同意她的看法。

等到食物都放进锅里煮之后，玛吉又拿起妈妈留下的那张纸条，增加了一条新规矩。

第二条：摆餐具。

杰克开始嘟囔，不过玛吉告诉我们，只有这样才能决定参加晚宴的宾客名单。

“我们可以邀请客人和我们一起共进晚餐吗？”我问。

“当然！”她回答，“晚餐就应该是大家聚在一起，最好有六个人参加。”

于是我们决定邀请阿奇参加，它是我家养的宠物小狗，长着一个狮子鼻。可加上阿奇，我们也只有四个，还差两个客人！

“好吧，我们先摆六套餐具，说不定会有特别来宾光临，给我们一个惊喜呢。”玛吉说。

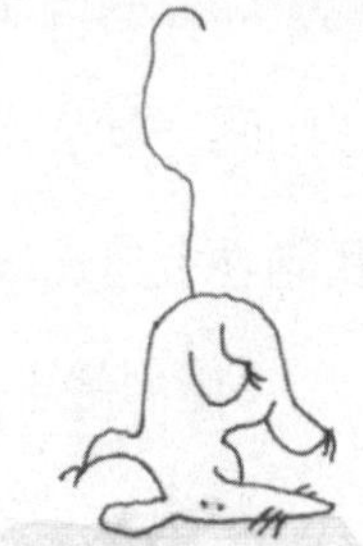

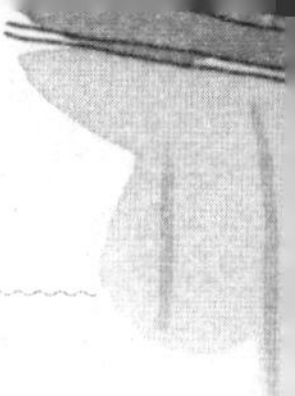

我们给每个客人都摆了三个盘子和三副刀叉。阿奇不会用餐具，所以我给它留了一双筷子。

“妈妈还定了什么规矩？”我问玛吉，心里盼着她能想出更多的新规矩。

玛吉把两手放在嘴边，像在吹喇叭一样。

第三条：布置餐厅！

我们马上忙碌起来，用硬纸板剪星星，制作彩带，杰克负责用订书机把星星订在桌布上。可没过多久，他就开起了小差，把自己的T恤订到了运动短裤上，把一只袜子订到了茶巾上。他还想把阿奇的尾巴订到它的腿上，幸好，玛吉及时阻止了他。

“我能借下订书机吗？”玛吉问，没等杰克反应过来，她已经把订书机藏好了。

杰克只好拿胶带把他的玩具剑龙皮特粘在桌子中间，作为装饰，每一张椅背都绑上了彩带。我刚学会打蝴蝶结，还不是很熟练。

“我们能在这里款待国王和王后了！”玛吉一边说，一边和我

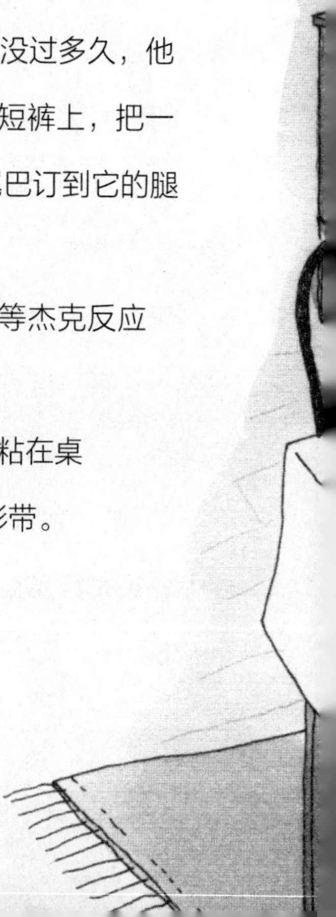

们击掌，“这里也很适合女公爵。一切都准备好了，我们可以吃晚饭了。”

哎呀！我的肚子开始咕咕叫了，厨房里飘来阵阵蛋糕的香味。但这时，玛吉又看了下那张纸条。

“我们得把自己收拾干净，这样才能漂漂亮亮地出席晚宴，”玛吉说，她拿出哨子，用力地吹起来，“该洗澡了！”

先洗澡，再吃晚饭？我们很少这么做，但现在玛吉说了算，所以我们跟着她上了楼。

进浴室后，杰克不肯洗澡，也不肯去拿他的毛巾。我很担心，因为我知道他的脾气非常倔，但玛吉想出了一个好点子。她往水池里放满水，然后把一整瓶薰衣草泡泡沐浴露都倒了进去。泡泡越来越多，甚至漫到了地板上，我们连自己的脚趾都看不见了。

接着，玛吉往水池里倒入一瓶苹果味的洗发水、爸爸的须后水和妈妈的面霜，甚至还喷了一些好闻的香水。

杰克捏住鼻子，“呀！”他咯咯地笑起来。

玛吉不知从哪里找到了我们的游泳镜——它们已经失踪很长一段时间了——让我们戴上。“准备好潜水！”她叫道，用力地吹起了哨子。“一、二、三——

下去！”

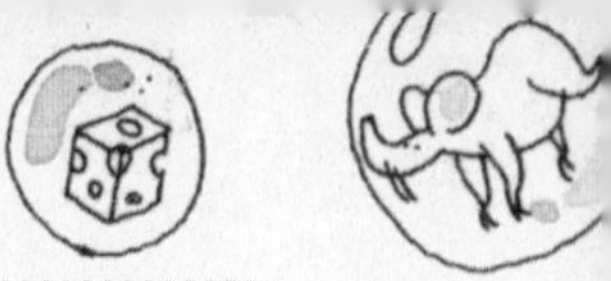

我和杰克都一头扎进水里，然后把头抬起来，很快，我们的下巴和耳朵旁边都沾满了泡泡！杰克用这些泡泡做了个白色的圣诞老人胡子，我做了顶白色的假发。

“我们也给小狗洗个澡吧？”玛吉说。我听到她喷了更多的空气清新剂。浴室里的泡泡实在太多了，我连玛吉在哪里都不知道。

“不行。”我坚决反对。阿奇讨厌水，它只有在野外玩追球游戏时才会跳进池塘里。

“但纸条上不是写着我们应该把阿奇的毛洗干净吗？”

“没有，”我说，“妈妈写的是给杰克洗头发，而不是给阿奇洗毛！”

我又开始紧张了，但这次不是担心杰克胡闹，而是担心我们不能及时完成妈妈在纸条上列出的那些事情。

玛吉突然从泡泡中探出脑袋，咧开嘴笑着，她转向杰克说：“想用洗发水做个莫西干造型吗？”

杰克点点头，可我们俩都不知道莫西干发型是什么样的！玛吉用洗发水揉出泡沫，擦在杰克的头发上，把他的头发往中间拢，直到所有头发都立起来为止。杰克就像一只白色的公鸡，样子滑稽极了。接着，玛吉又

用洗发水把我的头发做成了冰激凌的样子。

浴室里有点乱，但杰克的头发洗干净了，他很开心，妈妈知道了一定会很高兴的！可我仍然担心，我们还有一大堆事要做呢，而且我们都没有按照妈妈要求的顺序来做！

“这个架子是用来干什么的？”玛吉问。我被白色的泡沫包围着，隐隐约约看到她发现了妈妈“不允许我们碰”的那个架子。

玛吉打开了一大罐黏糊糊的棕色东西，涂了一脸。

“这一定是泥巴面膜，能缩小皮肤毛孔。”玛吉这么觉得。但我看到了标签，那上面清清楚楚地写着“**褐色染发剂**”几个字。

天呐！玛吉把染发剂涂在脸上了。她的脸变成了橘黄色……这下，她真的很像欧帕伦帕人了！

“玛吉，快点擦干净！”我大声喊，“那不是面膜！”

我可不希望玛吉的脸变成和妈妈的头发一个颜色。

哗啦啦！ 玛吉把脸浸入水池的水中，拼命搓！这下地板上到处是泡泡和水。

阿奇跑进浴室，冲着玛吉汪汪叫。

“我是美人鱼玛吉！”玛吉抬起头，发出咕噜咕噜的声音。

“我跟你说过，她不是真正的大人。”杰克悄声对我说，他看了看四周，浴室已经变得乱七八糟了。

“快点，玛吉，”我说，“我们该做纸条上列出的事情了。”

好吧，我得承认，要在这么多泡泡中找到玛吉可真不容易。整个浴室都充满了泡泡，连天花板上也有。

“找到你了！”我抓住了她的脚，但拿起来一看，是一瓶洗发水！

“我抓到她的手肘了！”杰克大叫，却发现原来是一袋浴盐。

我们都捧腹大笑！

“是你吗，玛吉？”我问，拉过一盒润肤露。

我感觉到有东西在移动，成功地抓住了她。可这个玛吉摸上去毛茸茸的，凑近一看，我发现抱在手里的原来是阿奇！

阿奇怎么会在水池里?

“嗨!”玛吉从泡泡中钻出来，咧着嘴，笑得很开心。

终于，我们擦干了身体，玛吉又想出了一个新点子，“我们应该穿什么出席晚宴呢?”她问，好像是我们说了算，而不是她。

“除了运动短裤，什么都可以!”杰克大声喊。他顶着一头干净而蓬松的头发。杰克**讨厌**穿运动短裤，夏天那么热，他都不肯穿。

“我们不能穿很普通的衣服，”我们的保姆说，“出席晚宴是一件很庄重的事，我们得穿上最漂亮的衣服。”

我灵机一动，喊了句“马上回来”，就跑去拿化妆游戏会用到的盒子。等回来的时候，我发现玛吉和杰克正在爸爸妈妈的房间里。

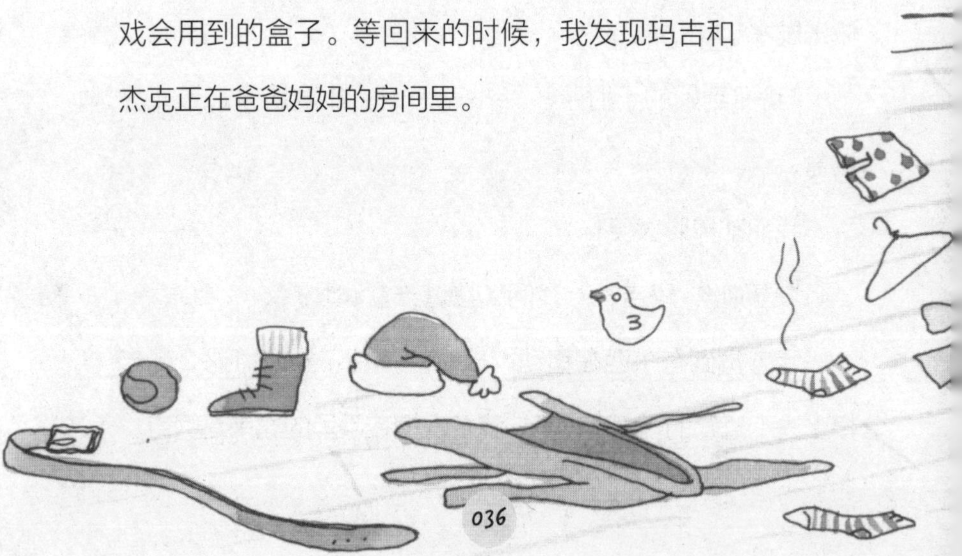

他们就站在妈妈的衣柜前，把她定制的晚礼服都翻了出来。天呐！如果我们把这里弄得乱七八糟，妈妈肯定会生气的，我可不想惹麻烦。但是，这看上去还挺好玩的……

“我可以把我的仙女翅膀借给你，”我对玛吉说，“杰克可以穿我的圣诞节瓢虫装，那套衣服很适合他。”

玛吉摇摇头，她拿出海盗眼罩和角斗士用的剑。

“出席晚宴，一定要打扮得与众不同，”玛吉一边说，一边帮杰克穿上带亮片的黄色夹克，给他扣好扣子，“我曾经在巴黎出席过一次宴会，成功地引起了图卢兹伯爵的注意，他还教我跳探戈舞呢。”

“什么是探戈舞？”杰克眯着眼睛问玛吉。

“我给你展示下。”玛吉说完就抱起我的弟弟，在房间里跳起舞来，一边跳一边大声唱歌。

“图卢兹伯爵就是这么教我跳的。当时他穿着红色的紧身短上衣，嘴里还含着一朵玫瑰花。”玛吉似乎沉浸在美好的回忆中。

她开心地唱着歌，声音开始颤抖。我和杰克对看了一眼，忍不住大笑起来，我的肚子都笑疼了。这时，我记起妈妈有一条粉色的羽毛围巾，非常柔软光滑，只有我再三答应会很小心，她才肯让我围一小会儿。

那条围巾和玛吉的头发很配。我找到放围巾的盒子，把

它拿出来递给玛吉。

“应该是你围。”玛吉温和地说。

最终，我选了一套亮闪闪的晚礼服和一双高跟鞋来搭配羽毛围巾，我还把妈妈的金手镯戴到耳朵上——玛吉说我看上去像一个女男爵。杰克选择了爸爸的长筒靴来搭配他那件亮片夹克，还戴上了一顶法式贝雷帽。

玛吉穿上了爸爸的黑色晚礼服，她的手不够长，只好把袖子卷起来。对玛吉来说，爸爸的西装裤也太长了，都拖到地上了。她甚至翻出了爸爸的黑色领结和礼帽，又从自己的手提包里拿出了一支神奇的黑色记号笔，在脸上画了两道卷起来的胡子，玛吉变成了一个男孩！

“留胡子的绅士更有神秘感！”她鞠了个躬，用低沉的声音说道。

我和玛吉站在妈妈的那面大镜子前，假装要去一家高档餐馆。忽然，旁边传来一阵声响，原来是杰克，他正在妈妈的床上蹦来蹦去，速度很快，我有些担心。

玛吉却说："这看上去很好玩！"她也跳上了床，和杰克一起玩了起来。没过多久，我们三个人都在床上蹦起来，我终于知道为什么杰克一直很喜欢这样了。

就这样跳了好久，我的腿累得发抖，肚子也开始大声抗议。玛吉拿出纸条，唱了起来："晚宴要开始了！"

“谁是特别来宾？”杰克很想知道。

下楼时，我的脑子里突然蹦出一个绝妙的点子。我悄悄地回到自己的卧室里，拿出一个鞋盒，在盒盖上戳了好几个洞。

“快看！”我叫道。

我打开鞋盒。

“玛吉，它们是比尔和鲍勃——我们的宠物蜗牛，它们可以当我们的特别来宾！”

玛吉看上去很高兴，杰克更是兴奋得又蹦又跳。

“妈妈说它们得待在鞋盒里，但这是个特殊的场合，我们需要六个客人。”我解释说，轻轻地把比尔和鲍勃拿了出来。

“它们爬过的地方有一道亮闪闪的痕迹，就像仙女撒的魔法粉，只不过是黏糊糊的！”杰克睁大眼睛，惊讶极了。

“客人们都到齐了，我们可以开始了！”玛吉欢呼道。

她把阿奇抱到杰克以前坐的宝宝椅上，阿奇坐在那里，一脸的迷茫。

平常，爸爸妈妈不允许阿奇进餐厅。现在，它居然坐在餐桌旁，面前还摆着一双筷子！

杰克表现得很有礼貌，他把大家想吃的东西都记下来后，把笔记本交给玛吉，然后安静地坐在椅子上。我从没见过他这么乖，而且头发也洗干净了，真希望妈妈能看到他现在的样子！

厨房里传来丁零当啷的声音。过了一会儿，玛吉端出一个大碗，上面有个银色的盖子。

我真的很饿，迫不及待地想尝一尝玛吉的手艺。

玛吉掀开盖子，动作非常夸张，碗里装的是一大团棕色的黏糊糊的东西，还有六把勺子。

“这是大厨玛吉为你们准备的前菜！”

“我才不吃这玩意儿呢！”杰克说。他有些生气了——我觉得他可能也饿了。

“这是巧克力汤！”玛吉说这话时带着明显的法国口音。

“这不是染发剂，对吧？”我小心翼翼地问。

只见我们的保姆拿起勺子，很优雅地舀起一勺汤，**呼哧呼哧**，大声地喝起来。

“这是巧克力汤，”她骄傲地说，“我放了三大块巧克力，还把我手提包里的五块小巧克力也放进去了。”

巧克力汤？

“妈妈从不让我们吃巧克力，除非遇到特殊情况。”我告诉玛吉，和杰克相视一笑。

“玛吉说了算。”杰克兴高采烈地说，他也舀了些巧克力汤放进嘴里。我从没见过杰克用勺子吃东西——他总是用手抓着吃。

我的肚子早就饿得咕咕响了，融化的巧克力闻起来真的很香，我忍不住也舀了一勺，那就尝尝味道吧。

“味道倍儿棒！”我心满意足地说。每当伯特爷爷觉得

“如果坐在公共汽车上呢？”玛吉的表情很无辜，“你愿意在公共汽车上吃西兰花吗？”杰克睁大了眼睛。玛吉把他用来当超级英雄秘密基地的纸板盒拖过来，又从玩具室搬来四把小椅子，放进纸板盒里，排成两排，和公共汽车里面一模一样！接着，玛吉爬进纸板盒，挤进驾驶员的位置！

“请大家上车。”玛吉喊道。

杰克假装把自己的车票递给玛吉，然后跑进盒子里，找了个位置坐下来，开心极了。我赶紧拿上那两个碗，也坐了进去。我小

口吃着自己那份西兰花，还假装朝车窗外挥手。

我简直不敢相信自己的眼睛，杰克把他碗里的西兰花都吃光了！妈妈肯定会很开心的。

杰克不仅吃完了西兰花，学会了用餐叉和勺子，头发也洗得干干净净。

玛吉也很高兴，她又看了下纸条，叹了一口气。

“皇家宴会或晚宴结束后，客人们会到客厅里聊天。”玛吉解释说。她蜷缩在爸爸的扶手椅上。

我和杰克坐在沙发上，靠在一起。杰克的头靠在我的肩膀上，我一点都不介意。

“你不想念王宫吗？”我很好奇。我在白金汉宫外面看过一次皇家卫队的换岗仪式，我很想去看看王宫里面是什么样的。

“一点都不想！”玛吉摇摇头，“我离开王宫是为了周游世界，去遥远的地方冒险！”

“那你以前当过保姆吗？”我又问。

“没有。我通常非常、总是、异常、一如既往地……忙碌。”玛吉打着哈欠说。

“你是做什么工作的？”杰克问。

“这么说吧，我每天都会带我的小狗去玩轮滑。我的雪貂收藏了很多帽子，每天早上，它要把所有的帽子都戴一遍。我还要一边给小马讲故事，一边把它们的尾巴编成辫子，它们喜欢这样，这些还只是我一半的工作量。”玛吉有些困了。

外面的天已经黑了，我意识到现在可能已经过了我们的睡觉时间，爸爸妈妈很快就会回来。而厨房和妈妈的衣柜还是乱七八糟的，浴室里满是泡沫。玛吉留意到我的表情，她看上去很疲惫。

“清洁工很快就会来的，我向你保证。”

“呃，玛吉……”我不知道该怎么跟她说，“玛吉——我们没有请清洁工！”

“那女仆呢？”玛吉又打了个哈欠。

我摇了摇头，没有。

“管家呢？”玛吉的眼皮越来越沉。

我又一次摇了摇头。

“连女服务员都没有？”她嘟囔着。

“没有。”我说。我连女服务员是干什么的都不知道！

可玛吉睡着了，还发出有节奏的鼾声，肚子跟着一起一伏的，两条细细的腿从肚子下面伸出来。

我看了看闹钟，还差5分钟就到8点了。啊噢，这下麻烦大了，我的心提了起来。

“杰克，再过5分钟，爸爸妈妈就要回来了！”我悄悄地说道，不想吵醒我们的保姆。

杰克大吃一惊，跳了起来。

“我们得把家里收拾干净才行，否则爸爸妈妈不会再让玛吉照顾我们了！”

我亲爱的小弟弟眼睛瞪得圆圆的，眼神里充满了担心。“那我们**赶紧**打扫吧！”他小声地催促着。

我惊呆了。杰克一直**很讨厌**打扫卫生！这么看来，他肯定非常喜欢我们的新保姆。

我们像小旋风一样，从一个房间冲到另一个房间。整个屋子仿佛经历了一场灾难，浴室的地板上盖着一层泡沫，毛巾也掉在地上。客厅里，妈妈的衣服东一件，西一件，厨房的水池里堆满了沾着巧克力的碗。玛吉还在爸爸的扶手椅上睡得很熟，她那彩虹色的头发凌乱地披散开来，脸上还留着用黑色记号笔画的胡子，嘴边全是巧克力。

我轻轻地摇醒玛吉。“玛吉，爸爸妈妈就快回来了，你去洗洗脸吧，再梳下头发。我们负责打扫房间。”她睡眼蒙眬地朝我笑了笑，站起来，拖着脚朝楼下的厕所走去。

接下去，我忙着把妈妈的衣服都收起来，杰克拿起拖把，开始拖浴室的地板。然后，我把所有的餐具都冲洗了一遍，放了满满一池冒泡的热水，用来浸餐具。杰克负责收好妈妈的化妆品。我把餐厅里所有的装饰品都扔进洗衣篮里，餐厅恢复了原貌。

“玛吉？”我叫道，想知道她有没有准备好，但玛吉没有回应。我在楼下找了半天，也没有发现她——我们的保姆消失了！

没时间去找她了——我听到爸爸妈妈已经走到门口了。

我们飞快地上楼，回到卧室。阿奇正蜷缩在房间的地毯上，为什么它就是不肯睡在自己的床上呢？我爬到上铺，杰克一头扎进下铺。只听到嘎吱一声，门打开了，是妈妈。

我假装打鼾，希望妈妈相信我已经睡着了。

妈妈和爸爸温柔地亲吻了我们的脸蛋。

“他们睡得可真香。”她悄悄地跟爸爸说。

我听到他们朝门的方向走去。

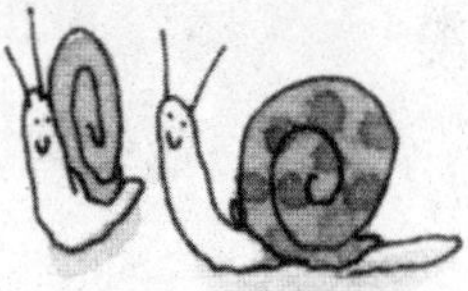

“桌子上的是鲍勃吗？”妈妈问。

我睁开一只眼睛。哦不！

“哦，还有比尔，”爸爸说，“它们肯定是溜出来了，但怎么会跑到桌子上呢？”

妈妈拿起鲍勃和比尔，把它们放进鞋盒里，然后蹑手蹑脚地走出我们的卧室。

门轻轻地关上了。

我等了一分钟，然后从上铺爬了下来，杰克正舒服地躺在床上。我走到门外，隔着楼梯栏杆偷看下面的客厅。让我惊讶的是，玛吉正站在门厅，她已经完全清醒了，脸上干干净净的，五彩斑斓的头发都藏进了帽子里，表情很是诚恳！

我往前探身，看到阿奇的绿毯子正好粘在玛吉的背上，像斗篷一样。

怪不得我们找不到她呢——原来玛吉爬到阿奇的狗床上睡觉去了！

我不禁笑起来，看来个头矮小也是有好处的，能找个舒服的地方打个盹！

“他们还听话吧？”爸爸问。

“孩子们把晚饭都吃光了，包括西兰花。杰克的头发也洗干净了。”玛吉的语气中带着自豪。

“太谢谢你了！”妈妈很高兴。

“不过，比起给杰克洗头发，还是给我那头有白化病的水牛洗尾巴更轻松些。”玛吉认真地说。爸爸妈妈放声大笑，他们以为玛吉在开玩笑。

但我和杰克都清楚她说的是真的！

我回到卧室，钻进被窝里，激动的心情还没有平复下来，我发出了一声感叹。

“杰克，你醒着吗？”我问。

“快睡着了。”我听得出来，他已经很困了。

“你觉得玛吉真的是女公爵吗？”我又问。

杰克没有马上回答我，等了很长一段时间，我听到下铺传来一阵笑声。

“是的。”

“你笑什么？”我问。

“我们有一个皇家保姆了，”他说，“但其实是我们在照顾她。”

杰克说的没错，我也笑了，“我希望她再来我们家。”我把头埋进松软的枕头里。

我们还能看到玛吉吗？关于这个问题，我们俩想了一会儿，都没有说话。

“杰克，你觉得妈妈会给我买彩色的染发剂吗？”我打破了沉默。

但从下铺传来的是轻轻的呼吸声。

“晚安，杰克。”我低声说，把灯关了，进入了梦乡。

Marge at the Birthday Party

特别的生日派对

嗨，还记得我吗？我叫杰米玛·巴顿。我7岁，仍然是全班个头最高的女生，不过，罗西·威廉姆斯已经和我一样高了。

现在是星期六早上9点钟，我和杰克正在楼下吃溏心蛋和面包条。杰克偷偷地把还没有凝固的蛋黄喂给我们的宠物小狗阿奇吃，他总是把蛋黄叫作“黄黄”。我吃完了自己的早餐，便开始画奶奶的虎斑猫乔治，它就像个留着黄胡子的老头。

今天我很紧张，因为我们那了不起的保姆玛吉要带我们去参加席奥的聚会。席奥是杰克在学校认识的最好的朋友，他有一边的眉毛特别长，总是和杰克分享自己带来的点心。虽然我很期待看到玛吉，但我不认识其他参加聚会的人。到时候，我就是聚会上年龄最大的孩子，还可能是唯一的女孩！如果没有人和我一起玩，该怎么办？

爸爸妈妈要开车去很远的地方看望萨莉阿姨——她生了小宝宝，所以不能和我们一起去参加聚会。我很想去看下那个叫扎拉的小宝宝，可我会晕车。

“今天玛吉负责照顾你们，你们俩会听话的，对吗？”爸爸问。

我和杰克心里早就乐开了花，但还是认真地点了点头。

我们可没法保证玛吉一定会听话！爸爸妈妈在的时候，她总是表现得一本正经，可等他们离开后，我们就会玩得很疯，会在妈妈留下的纸条上添加我们自己制定的新规矩。玛吉其实是个女公爵，她曾经住在华丽的王宫里。但后来，她决定放弃王室成员的身份，去世界各地冒险。再说了，玛吉养了很多奇特的宠物，王宫的马房不够大！

叮咚！玛吉到了！

我们一跃而起，抢着去开门。

杰克的动作比我快，他打开了门，我们的保姆微笑着站

在门口。

“快看，昨天我的脚扎到了玻璃碎片！”我的弟弟喊道，他抬起脚，给玛吉看他脚后跟的伤痕，“爸爸用镊子把碎片夹出来了，我没有哭。”他开始炫耀。

“真勇敢。”玛吉捏了下他那胖乎乎的脸颊。杰克从不让别人捏他的脸颊！

眼前的玛吉好像比上次更矮小。大人会越长越矮吗？她穿着漂亮的夹克，条纹紧身裤，还戴了一顶高帽子，她那彩虹色的长发都塞进了帽子里。

“笨角罗！”玛吉笑着对我说，“意大利人就是这么打招呼的！”

我和杰克咯咯地笑了起来。

“你一好——”杰克模仿机器人说话的声音，“笨一角一罗……”

“规矩就贴在冰箱上。”妈妈一边告诉玛吉，一边忙着在手提包里翻找车钥匙，她对我们说：“玛吉会照顾你们，记

064

住要懂礼貌，要对她说‘请’和‘谢谢’。”

爸爸朝门口走去，也不忘交代我们：“你们两个要听话，在聚会上玩得开心哦。”

“可我不认识其他人！”我有些想哭。

“参加聚会是认识新朋友的好机会。”爸爸安慰我说。

“或者，你可以带本书去看。”妈妈温和地提出了建议。

我开始想象这样的场景：我独自坐在那儿看书，而其他参加聚会的人都在快乐地玩耍——这让我很难过。

妈妈分别给了我和杰克一个大大的吻，爸爸也这么做了。

我们站在门口，跟他们挥手告别。当他们的车消失在我们的视线后，玛吉转向了我。

“看到了吗？”她拿出了一根很细的银项链，链子上挂着半颗爱心。我接过项链，发现爱心上刻着很小的一行字：

永远的好朋友。

“这是一条象征友谊的项链，是切斯特给我的。”

“切斯特是谁？”我问。

玛吉坐在爸爸棕色的扶手椅上，我们围在她身边，听她讲故事，玛吉讲的故事是最精彩的。

“我是在一次美妙的聚会上认识切斯特伯爵的，他是一只猫鼬。聚会上有用气球做的大象，还有表演喷火的杂技演员。不知怎么搞的，我被一个巨大的泡泡包住了！切斯特伯爵用他的小爪子戳了个和我一样大的洞，让我重获了自由。”

我和杰克都吃惊地张大了嘴巴。

“就这样，我们成了永远的好朋友！”玛吉笑着说。

帕丁顿先生的聚会：“放我出去！”

她脱掉了夹克，里面是一件黑色的T恤，上面有个闪电的图案。然后她拿掉帽子，一头彩虹色的长发披散开来。她就是我们喜欢的那个玛吉，千真万确!

“来吧，我们去看看都有哪些规矩！”玛吉旋转着朝冰箱的方向前进，她的小鞋子敲击着厨房地板，发出踢踏的响声，我觉得她就像一台彩色的纺车。

“今天，我必须倒过来才能看清楚上面的字。”她弯下腰，开始念：

1. 席奥的礼物就放在上面的抽屉里——麻烦包起来。

2. 聚会11点开始，地点是希思公园。

3. 聚会上只能吃一块蛋糕。

玛吉发现了妈妈的钢笔，就在电话机旁边。

她拿起笔划掉了“只能吃一块”这几个字，然后在旁边写上“**可以吃九块蛋糕**”。

“太棒了！”杰克欢呼。

“玛吉说了算！”

“今天我们不需要吃太多的健康食物，我们还得留着肚子吃蛋糕呢！”玛吉笑起来，“好吧，开始准备吧。”我带玛吉找到放有礼物的抽屉，席奥的礼物是一把超大的塑料水枪！

“哦哦哦，现在就打开吧！”玛吉提议，杰克咧着嘴笑，一个劲儿地拍手。

“我们不能这么做，”我警告他们，“席奥肯定不喜欢自己的生日礼物被别人抢先玩了。”

哦不！玛吉已经破坏了规矩。这真让我头疼，我可不想给妈妈惹麻烦。

但玛吉正拿着盒子，兴奋不已。“在王宫里，我们有专门的玩具测试员，他们的任务就是确保所有玩具都是好的，没有坏掉，这样才能作为礼物送给别人！今天，我们就是玩具测试员！”

“棒呆了！”杰克点头表示赞同。只有遇到真正不可思议的事情时，杰克才会说“棒呆了”。比如那一次，他在吃草莓长条糖的比赛中拿了第一名后就是这么说的。

我情不自禁地笑了。玩具测试员？听上去还挺像回事儿的，玛吉的话让我又打起了精神。

只见玛吉咧嘴一笑，往妈妈的纸条上加了条新规矩：

参加聚会前先打一场水仗。

我们打开盒子，给水枪加满水。哦对了，我们加的不是自来水，而是苹果汁，玛吉说这样一来，我们觉得口渴时就可以喝上一口。玛吉戴上了她的墨镜。

“我可不希望苹果汁喷进我的眼睛里，”她解释说，“我的眼睛非常敏感。在王宫的时候，我负责擦亮女王王冠上很小很小的绿宝石和红宝石，因为哪怕是最细小的灰尘，我都能看得一清二楚。”

苹果汁水枪准备就绪，我想第一个玩，因为我年龄大，但杰克一把夺走了我手里的枪。

“嘿！”我叫起来，抢回水枪，这下杰克生气了，他抓住了我的头发！

哎哟，好疼啊。每当杰克调皮捣蛋的时候，妈妈总是会让他到一边冷静一会儿，可现在妈妈不在，泪水开始在我的眼眶里打转。

“杰克！”玛吉的声音变得很严肃，她拉下墨镜，从镜框上方看着我们，“在王宫里，如果有人不听话，动手动脚，就会被罚去修剪女王陛下花园里所有的树篱，而且只准用指甲刀！”

杰克很惊讶，“可是指甲刀很小啊，树篱那么高大！”

“没错，”玛吉说，“跟姐姐道歉吧。”

“对不起，杰米玛。”弟弟轻声说。他还给了我一个拥抱，真是难以置信。我亲昵地摸了摸他那一头金发，无论弟弟做了什么，我都深爱着他。

接下去，一场最有意思的果汁水仗开始了……

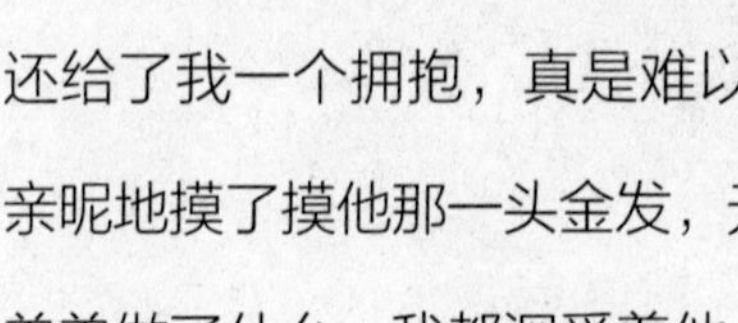

滋！果汁喷到了我的连衣裙上！
噗！果汁喷到了杰克的针织衫上！

汪汪！
哗！
果汁喷到了玛吉漂亮的黑鞋上！

最后，我们在地毯上打打闹闹，滚作一团。阿奇也开始追自己的尾巴，不停地汪汪大叫！我长这么大，还从没笑得这样开心。终于，玛吉觉得是时候准备礼物了。我们的手上和脸上都有苹果汁，所以得先去洗干净。

我得告诉你，我弟弟定了两条规矩（和之前不吃西兰花、不洗头发一样）：

1. 他不戴帽子（哪怕是夏天也坚决不戴）。
2. 他从不洗脸——坚决不洗。

可你能相信吗，当玛吉叫他洗脸时，他竟然乖乖地洗了脸，甚至还用了香皂——**哇！**

他看上去很满意。

我们回到客厅。玛吉看到用来给席奥包生日礼物的那张包装纸是亮闪闪的金色的，“哦，我可以用这张纸做可爱的聚会帽，”她说，“聚会帽非常有用，所有有趣的聚会最后都会有一场蛋糕大战，到那时候，我们就可以用聚会帽保护自己的头发！”

于是，我们动手做起了帽子。就在我们忙着裁纸、涂胶水时，玛吉讲了一个故事，它是我听到过的最精彩的故事。故事发生在玛吉上一次过生日时，聚会上有一场超级蛋糕大战。等到蛋糕大战结束后，玛吉身上全是蛋糕，足足有12层的海绵蛋糕，外加巧克力慕斯。

“管家琼斯的老花镜里也有蛋糕，我的鼻子上和耳朵后面都是巧克力慕斯，花了整整一个礼拜才清洗干净，这都是因为我们没戴帽子！”

我可不希望自己的鼻子沾上蛋糕，绝对不要！有一次，一颗冻豌豆卡在我的鼻子里。妈妈让我拼命擤鼻子，直到把豌豆擤出来为止，那真是太痛苦了。

妈妈从不允许杰克用大人的剪刀，但玛吉同意了，只不过她一直站在杰克身旁。杰克有一个习惯，当他全神贯注的时候，总会伸出舌头。他小心翼翼地剪了三顶王冠，我负责把亮片、珠子和宝石贴到王冠上。

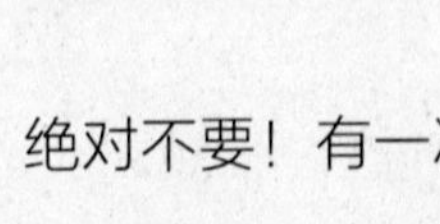

玛吉用绳子把帽子系到头上。我们在屋里走来走去，就像三个雄赳赳、

气昂昂的国王！我还是不敢相信杰克竟然愿意戴帽子了。我们兴高采烈地走着，玛吉唱起了歌：

我们现在出发，
唱着歌，
戴着王冠，
我们要去拜访国王！

我像芭蕾舞演员那样翩翩起舞，杰克跟在我后面，拿着一把木勺子使劲敲平底锅，发出很大的声响。玛吉告诉我们，她上一次参加皇家游行时只有9岁。

“我偷偷地把大公靴子上的鞋带绑在一起，当他过吊桥时就被绊倒了，掉进了护城河里！”

杰克觉得这很滑稽。

我好奇地问："那他生你的气吗？"

"没有！他和皇家天鹅一起游起了泳，样子可潇洒了。天鹅的脖子很长，所以搂起来很舒服。"

我在脑海里想象用手搂住天鹅的样子，又笑出了声。玛吉小时候肯定很调皮，就像杰克那样。

终于，我们回到客厅休息。

"我们现在可以把席奥的水枪包起来了吗？"我问。

玛吉闭上眼睛，嘴里念念有词，样子很认真：

"霍克斯波克斯，
让我集中注意力！"

接着，她把手伸进她的包里，像变魔术一般拿出一条黄色的丝巾！然后，她用这条丝巾绑住席奥的礼物，还系了个大大的蝴蝶结。

"我是从哈利·胡迪尼那里学会系这种蝴蝶结的。"玛吉说。

“谁是哈利·胡迪尼？”我和杰克异口同声地问。

“他是世界上最伟大的魔术师，他可以凭空消失，然后出现在任何地方。”

“我们的小狗阿奇去公园的时候也会这样！”杰克说。

我们都看着阿奇，它一定是一条会变魔术的小狗。

玛吉头朝下，又开始看妈妈留下的纸条。

“上面说聚会11点开始。”

我和杰克抬头看闹钟，长针指向6，短针指向10，我扳着手指算了起来。

“玛吉，只有半个小时了。”我说。

“不，还有20个小时。”杰克纠正我。我和玛吉相互看了一眼。杰克还没有学会怎么看闹钟，但我们不想让他难堪。

“我们去换衣服吧，”玛吉说，“所有聚会都有着装要求。参加生日聚会，通常得穿得很鲜艳，要与众不同才行。”她带我们去楼上的卧室。走楼梯的时候，玛吉一次跨两个台阶。小狗阿奇紧跟在我们后面，玛吉说它也得好好打扮一下！

阿奇毛茸茸的小脑袋歪向一边。

我觉得它能听懂我们说的话，但除了杰克外，没有人相信我。

“他们没有邀请小狗。”我说。

玛吉正飞快地翻我的衣柜，听到我的话后，她停了下来，抗议道：“小狗和人一样，喜欢聚会和生日蛋糕。只不过聚会结束后，你必须用薄荷牙膏给它们刷牙。”

于是，我们决定把我那件绿色的蕾丝连衣裙给阿奇穿。虽然裙子太大了，可我觉得绿色非常适合阿奇。

我穿上了自己最漂亮的那条亮粉色裙子，帮杰克穿上了夹

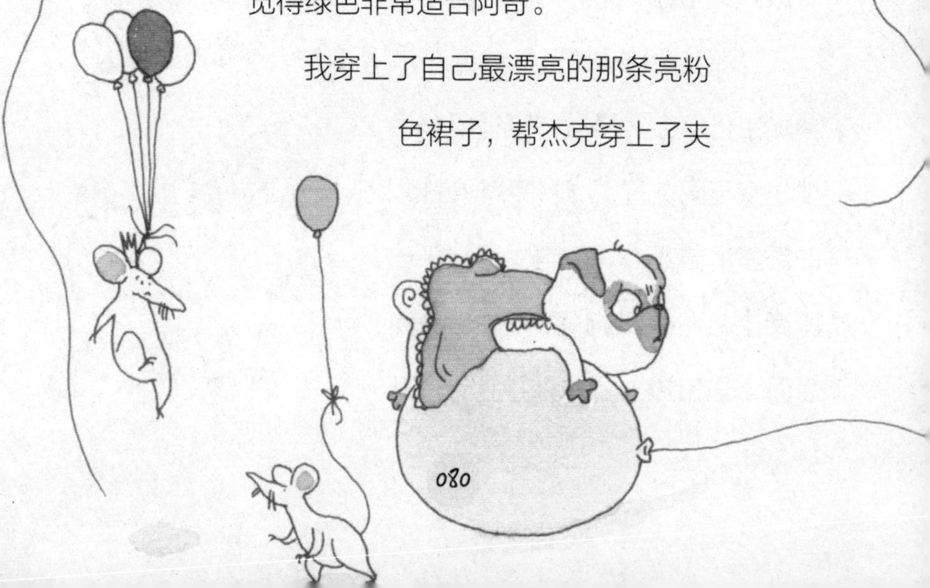

克，那是奶奶在圣诞节时送给他的礼物。杰克还自己动手，把纽扣都扣上了！

等我们都穿好后，玛吉告诉我们，聚会上一定要有很多气球！玛吉从她那神奇的包里拿出一大包五颜六色的气球，我们

围成一个圆圈坐下来，呼哧呼哧地吹气球。我选了蓝色和红色的气球，杰克喜欢黄色和绿色的气球，玛吉一次能吹两个，她不挑颜色！没几分钟，她的脸就涨得通红，像个番茄，杰克累得上气不接下气，我不禁大笑起来。

“我们把气球放开吧。”玛吉说，她手中的气球慢慢地升到了天花板上。气球越来越大，越来越多，很快，客厅天花板就飘满了五彩缤纷的气球。气球实在太多了，我差点儿连杰克和玛吉都看不到了！

“有一次，我的脚被50个气球缠住了，我就这样一直飘到了温布尔登，”玛吉从气球中探出脑袋，“大风把我的发型吹乱了，人人都看到了我的衬裤！太难为情了。”

杰克抓住一个紫色的气球，一屁股坐在上面，好像那是一个放屁坐垫。砰！

我们都咯咯地笑起来。

“玛吉……”我又抬头看了看闹钟，“我觉得我们该走了！”我讨厌迟到。

我们出发了，阿奇穿着那条拖到地上的裙子，摇摇摆摆地跟在我们身后。一大串彩色的气球在我们头顶欢快地跳着舞！我又开始紧张了。

我带了书，这样万一我觉得无聊或孤单时，可以翻看。

我们来到了家附近的小公园，席奥的生日聚会就在公园的大橡树下举行，树上已经挂好了彩旗，横幅上写着“今天我5岁啦”。木桌上铺着格子图案的桌布，上面摆着纸杯蛋糕、三明治和一大堆礼物，木桌旁边是一座巨大的充气城堡。

充气城堡是我和杰克的最爱，我希望我的整个卧室就是一座充气城堡，如果我的网球鞋鞋底也是用气垫做的该多好！

看到杰克来了，小男孩们都很高兴，他们和我们打招呼。我发现有些男孩的哥哥姐姐也来了，比如约什的姐姐波西和露西·沃克都来了。聚会上有和我同龄的女孩，我的心情好多了。当大家看到穿着裙子的阿奇时，都哈哈大笑，尤其是席奥！阿奇偷吃了一个花生酱纸杯蛋糕，席奥也没有生气。

“生日快乐，席奥！”

我、杰克和玛吉异口同声，把礼物送给席奥。看到那个黄色的蝴蝶结，他露出了惊讶的表情。

“别担心，”玛吉对席奥说，“我们替你测试过这把水枪了，用起来没问题，里面装满了苹果汁！”

“谢谢！”席奥说，他好奇地打量着玛吉，“你是小孩，还是大人？”席奥问。我噗嗤笑出了声。

杰克很有礼貌地告诉席奥，玛吉其实是大人，就是个子小。但以她的身高，完全可以骑自行车，而且不需要用辅助轮，这是最要紧的。

正当我们脱掉鞋子，准备进入充气城堡时，“灾难”发生了！天空阴云密布，雨滴落了下来，起初只是淅淅沥沥的小雨，但很快就变成了豆大的雨点。席奥看起来就快哭了，如果这是我的生日聚会，我肯定也会很失望的。

席奥的妈妈解释说，因为下雨使得充气城堡里变得又湿又滑，所以我们不能进去玩了。“我们不希望有人撞伤脑袋。”她说。

但玛吉想出了一个绝妙的主意。“玛吉来帮忙！”她一边喊一边把我们带来的气球都绑在一起。这么多气球聚集在一起，密不透风，可以用来当充气城堡的屋顶，一滴雨也漏不进来！

所有的家长都欢呼鼓掌。我很自豪，因为是我们带玛吉来参加这次聚会的，她是我们的保姆。

“大家都进去吧。”席奥的妈妈喊道，我们都兴奋地爬进城堡，连阿奇也跳进来了。它又蹦又跳，毛茸茸的耳朵一动一动的。

太好玩啦！每当我进入充气城堡时，就会想象自己是一只鸟，能展翅高飞。杰克跳得太高了，裤子都滑下来了！

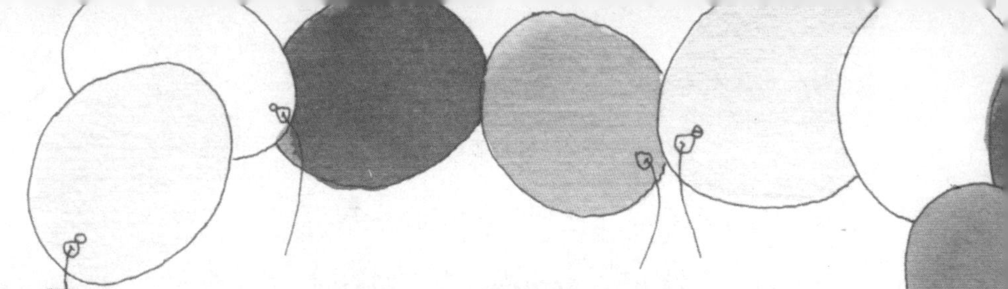

过了一会儿，我们觉得腿酸了，就坐下来，看看还有什么好玩的。但外面仍然在下雨，我们没法去公园里玩。席奥的爸爸妈妈皱着眉头——眼看原本的计划都要泡汤了。

我有书，可以从里面选一章读给大家听——我正打算问问其他人的意见时，玛吉跳进充气城堡，她又想出了个绝妙的主意。

“白天，我是了不起的玛吉，是杰米玛·巴顿和杰克·巴顿的能干保姆。但到了晚上，我就是……神奇的魔术

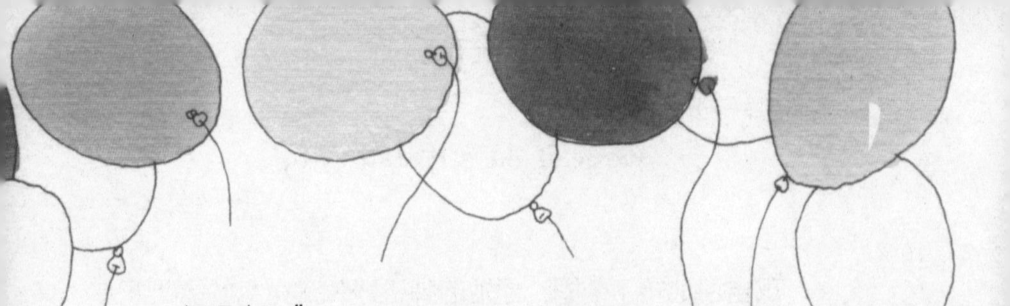

师玛吉！”

玛吉到底想干什么？我很好奇。大家围在玛吉身边。

“我需要点掌声。”她夸张地说。席奥的姐姐露西站在我身旁，使劲地鼓掌，我也拍起手来。很快，大家都在为玛吉鼓掌。

玛吉原地转了个圈，但她的脚正好踩在充气城堡凹下去的地方，失去平衡，两条细细的腿缠在了一块。不过她马上站稳了，一副若无其事的样子，席奥的弟弟马修差点就笑出声来。

接着，玛吉故意大声咳嗽了一声，用手捂住嘴巴，当她把手拿开时，竟然多了……一条紫色的丝质手帕！

“巴拉巴拉——变！”她喊道，显然很满意自己变的小魔术，“好吧，这看上去是一块普通的手帕，但看仔细了。”

我们凑近去看那块紫手帕，没什么奇怪的地方，但接下去……

玛吉的鼻子开始抽动，她打了个很响的喷嚏。

小寿星席奥不以为然地说：“不是魔术师也能打喷嚏！”

但玛吉露出了神秘的微笑，她开始往手帕里吹气，仿佛那是一只气球。然后，她摇晃着紫手帕，快看啊，手帕里飞出了20根粉红色的棒棒糖！

每个人都抓住了一根棒棒糖。我的那根是西瓜味的，正是我喜欢的口味，虽然我并不爱吃西瓜。

接下来，玛吉邀请阿奇当她的助手，变了第二个魔术。只见她从帽子里变出了一个花生酱纸杯蛋糕，没有用手就把蛋糕吃掉了，阿奇帮忙舔光了她脸上的蛋糕屑。

“你是在哪里学会变魔术的？”席奥的朋友杰科很好奇。

“这是一个很长的故事，你们准备好了吗？我要开始说了。”玛吉问。

大家围着玛吉坐下来，开心地等待着。我很高兴露西坐在我旁边，我们俩都有点害羞，相互微微一笑。

“有一天，一个名叫爱德华多·阿尔伯蒂的魔术师来到王宫，为大家表演魔术。就在他忙着为这场大型演出做准备时，他的助手被一群粉红色的火烈鸟踩伤了，于是他选了我

和我的双胞胎妹妹米吉给他当助手！”

玛吉还有个双胞胎妹妹米吉？我等不及想见见她了。

“你们要做什么？”席奥问，他的眼睛瞪得溜圆。

“爱德华多让我躲进一个盒子里，其他人只能看到我的头和肩膀，米吉也躲在盒子里，其他人只能看到她的膝盖和腿。然后，爱德华多把盒子从中间锯开！”

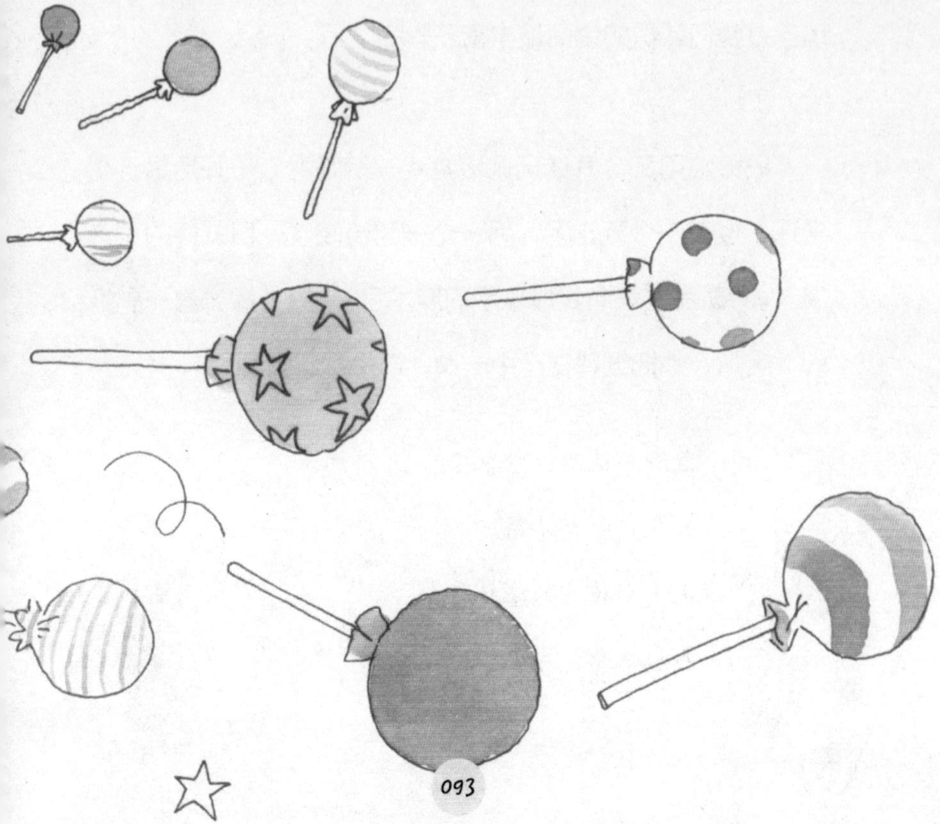

大家都尖叫起来。

“告诉我怎么变魔术吧。”席奥恳求道。

“作为魔术三人组的成员之一，”玛吉认真地说，“我发誓要保守秘密。”

我和杰克都觉得太不可思议了，玛吉是我们认识的生活最丰富多彩的大人了！

只见她用三个气球玩抛接游戏——好吧，一开始是五个气球，但有一个飘走了，另一个被阿奇咬了一口，砰的一声爆了。“现在该表演我最拿手的魔术了。”玛吉挥舞着一副纸牌，突然，她把纸牌往空中一抛，口中念念有词：

纸牌，纸牌，空中飞。

天气快快变晴朗。

这是个神奇的生日聚会，

雨水快快消失吧！

我们都跳起来，争着去抓掉落下来的纸牌。

我伸出手，抓到了一张红桃A。

“快看！”露西喊道。

大家抬头看天空，你能相信吗？雨已经完全停了。

我看了看杰克，他的眼睛睁得大大的，惊讶极了。

玛吉真的是魔术师吗？我们纷纷爬出城堡，穿上袜子和鞋子。男孩们又蹦又跳，欢呼雀跃。

可问题又来了，席奥的爸爸接了个电话，等挂掉后，他皱起了眉头。

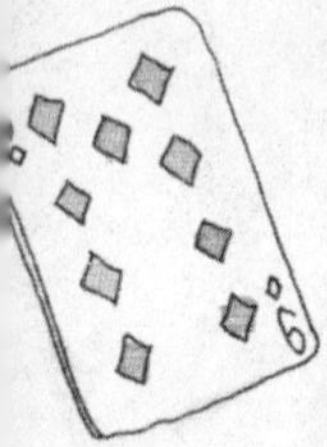

“面部彩绘师的汽车陷进了大水坑，抛锚了，他不能来了。”没等别人开口，玛吉就大声宣布：“幸好，公主的一个侍女教过我怎么在别人的脸上画彩绘，说真的，我画得可棒了。”

她把手伸进自己的包里，拿出一些化妆品和笔。我们绕着充气城堡排成一队，等着轮到自己。

我有点犹豫，真的要让玛吉帮我画脸吗？要知道，她曾经把妈妈的染发剂当成了面膜！

玛吉用白色的粉底和粉色的唇膏在露西的脸上画着，“现在你就是法国王后玛丽·安托瓦内特！”然后她用黑色的眼线笔在我的眼睛上描画着。一开始，我觉得有点痒，但慢慢地觉得还挺舒服的，我的嘴唇变成了鲜艳的红色，“你是埃及女王克利奥帕特拉！”

玛吉把席奥、杰克、彼得、马修和丹尼尔变成了将军和维京海盗，接着她在自己、扎克和斯黛拉的脸上画上了猫胡子。

波西在一旁看着，她不喜欢自己的脸被画花。玛吉真的帮了大忙。

我和露西离开人群，跑到秋千那里，轮流玩起来。我给她看了我的红舌头，是被那根西瓜味的棒棒糖染红的，她也伸出舌头给我看，我们都咯咯地笑了起来。

天呐，原来露西和我一样，

有个小弟弟，她也掉了5颗牙，而且也有一本秘密日记本，连她的妈妈也不知道，我们有太多相同的地方了！

该玩游戏了。

第一个游戏是传包裹。每次我或者杰克过生日时，妈妈总会确保所有来参加聚会的人都能得到一份礼物。但玛吉不知道游戏规则，当包裹传到她这里时，她不停地把包裹从左手换到右手，又从右手换到左手，直到音乐停下来为止。

“我赢啦！”她笑着叫道，拆开第一层包装纸。

“玛吉，”我冲她喊，“你得把礼物传给别人！”

“对不起！”玛吉很内疚，“以前住在王宫时，国王总是让我赢！”她把包裹递给身旁的人，最终获胜的是席奥的弟弟马修！

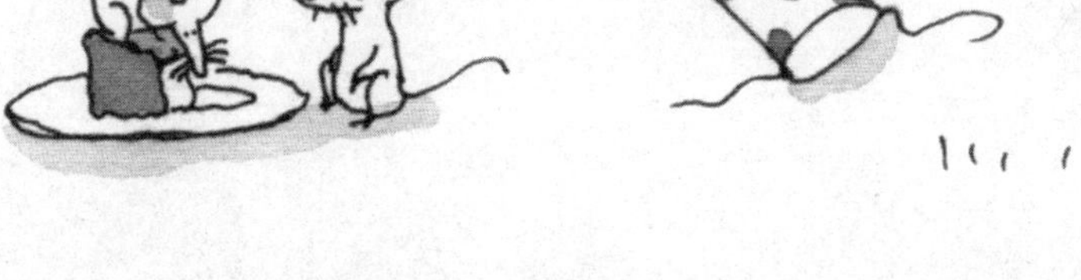

游戏结束后，席奥的妈妈招呼大家："请大家都坐下来！"

应该给席奥唱《生日快乐歌》了，唱完歌就能吃蛋糕了。我们在野餐凳前面找了个地方，盘腿坐下来。

祝你生日快乐，

祝你生日快乐……

大家齐声唱起来。杰克唱得最响亮，他给了好朋友席奥一个热情的拥抱。

席奥的巧克力蛋糕很大，上面插了5根蜡烛。我忽然觉得肚子好饿，有时候，当我看到这么大的蛋糕时，恨不得把整个脸都埋进去，大口大口地吃光整个蛋糕。但我乖乖地坐着，一边舔嘴唇，一边耐心地等待。

蛋糕摆在了席奥面前，正当他鼓起腮帮子准备吹蜡烛时，玛吉突然凑过去，抢先把蜡烛吹灭了！

哦不！我心想。

沉默。大家刚刚还在唱《生日快乐歌》呢，这会儿都不说话了。没有人能抢在过生日的人前面吹灭蜡烛，这样太不礼貌了！

席奥看上去就快哭了。

但突然，那5根蜡烛又燃烧起来，大家都倒吸了一口气。

蜡烛熄灭后还能自己重新燃烧起来吗?

“怎么回事? ”席奥问，他有些糊涂了。

“因为**你**是个魔术师，其他人不知道。”玛吉告诉席奥。

“但我从来没学过变魔术。”席奥说。

“当我吹蜡烛时，我帮你许了个愿，”玛吉解释说，“这是我送给你的生日礼物，吹蜡烛许下的愿望总能成真。”

席奥再次鼓起腮帮子，吹灭了蜡烛！

乌拉！

席奥看上去开心极了，恐怕没有比成为魔术师更棒的生日礼物了。大家都开始拍手欢呼，所有的大人都拿出手机拍照。

“玛吉，你是怎么做到的？”我悄悄地问。

“就是个小戏法！”玛吉冲我眨眨眼，“我不能告诉你，除非你和我一样，是魔术四人组的成员。”

“不是魔术三人组吗？”约什纠正她。

“好像是。”玛吉不太情愿地承认。

我偷偷地许了个愿，希望玛吉一直当我们的保姆。

我们开始吃东西了。玛吉说每个小孩能吃九块蛋糕，但吃过三明治、薯片、水果沙拉、糖果、坚果和爆米花后，我的肚子实在太撑了，只吃了三块生日蛋糕，杰克吃了一块，不过是很大的一块。

玛吉又把手伸进包里，拿出她那顶金色的纸帽子，没错，就是我们在家里做好的帽子。

“这样就不会有人朝我扔蛋糕了。”她轻声地跟露西说，我们都笑了。

“蛋糕大战还没开始，我先去打个盹，”玛吉打着哈欠说，“拉鲁伯爵夫人的两个女儿能嫁出去就是因为她教会了她们变魔术。”我们的保姆一边哼着歌，一边蜷缩起身体，和阿奇靠在一起。她的两条腿从充气城堡后面伸出来，金色的帽子歪向一旁，脸上的图案已经花了。她似乎睡着了，我和露西都觉得她很可爱。

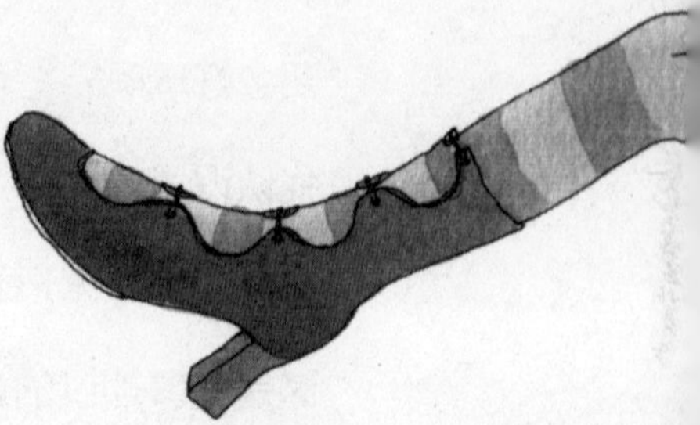

“嘘，”露西说，“她做了那么多事，需要好好地睡一觉。你觉得玛吉几岁了？”

“杰克觉得她有150岁了。”我悄悄地说。其他孩子正在玩耍，我们朝他们走过去。

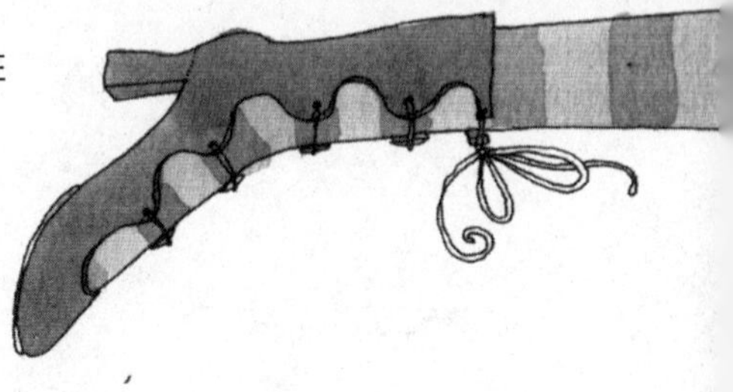

我、席奥、杰克和露西玩得非常开心。我们一起玩看样学样的游戏，我和露西站在前面，其他年纪更小的孩

子模仿我们的动作，我们一直走到秋千那里。接着，杰克和席奥轮流帮我们推秋千。

叭叭！

我听到了爸爸的车喇叭声！

我顺着声音看过去，爸爸妈妈正从车里出来。

“笨角罗！”我飞快地向他们跑去，并拥抱他们。开那么长时间的车一定很辛苦，他们露出了疲惫的神情。

“聚会好玩吗？”爸爸问。

“我认识了一个新朋友，她叫露西。”我告诉妈妈。

“太好了，杰米玛！真棒！”妈妈说。

“这是我参加过的最棒的聚会。”杰克说。

我们向席奥和他的爸爸妈妈道谢，我们度过了一段很快乐的时光。这时玛吉出现了，她的彩色头发全都塞进了帽子里，看上去非常清醒，一脸诚恳。席奥一家感谢了玛吉，因为她帮了大忙。

听说杰克戴上了纸帽，爸爸感叹说："我真是不敢相信杰克肯戴帽子了！"

妈妈的视线停留在阿奇身上。

"杰米玛，那是你参加聚会穿的裙子吗？"她问我。

“没错，阿奇不能穿得太随便了，它是魔术师的助手。”玛吉解释道。

爸爸妈妈相互看了一眼。

“真是一条聪明的小狗，能自己穿衣服，它的爪子好灵活啊！”爸爸开玩笑说。

“它是真正的哈利·胡迪尼！”杰克骄傲地说。大家都乐开了花。

Marge at Large in School

玛吉大闹学校

嗨，我是杰米玛·巴顿，这是我的弟弟杰克。我们对很多事情的想法都不一样，例如杰克喜欢待在游泳池的浅水区，我却喜欢游到深水区，还有我吃甜点时喜欢慢慢品尝，但杰克总是狼吞虎咽的。不过我们都喜欢坐在方形的窗户旁，这里能俯瞰我家的车道，我们把这扇窗户叫作“监视窗”。有时候，我们会坐在这里看邻居遛狗，有时候，我们会数街上有几个绿色的垃圾桶，但现在，我们正眼巴巴地盼着一个人来。

玛吉，我们的皇家保姆，我们最喜欢的大人（仅次于爸爸妈妈），今天她会带我们去上学。

我们打算突然跳出去，吓她一跳！

虽然现在是星期一早上7点钟，而且午饭后我还要上最不喜欢的体育课，但我依旧很激动，因为我爱玛吉，我爱玛吉的程度和我讨厌上体育课的程度是一样的（我是我们班上跑步第三慢的）。

当玛吉那辆薄荷绿的迷你库珀车嘎吱嘎吱开进我家车道时，我的心提到了嗓子眼。

“各就各位！”杰克喊。

我们冲到楼下，躲在前门后面。我拿了一块沙发坐垫当武器，杰克则拿了一个枕头。小狗阿奇和我们挤在一起，大声地喘着粗气。

“嘘，”我对阿奇说，“不然你就躲到其他地方去！不能让玛吉知道我们躲在这里。”我们屏住呼吸等着。她的脚步声越来越近了。

叮咚，门铃响了！

我和杰克往后退，背靠到墙上，门把手开始转动。

玛吉走进门厅，“嗨。”她冲着空荡荡的走廊喊道。

我和杰克同时大叫：“**进攻！**”接着就跳到玛吉身上。

我爬到她的背上，杰克先把枕头扔到她身上，然后抓住了她的腿。阿奇兴奋极了，一边叫，一边摇晃着尾巴。

“**啊！**”玛吉大吃一惊，发出一声尖叫，往前跌倒在地毯上。我和她扭打在一块，但她实在太瘦小了，速度又快，很快就摆脱了我们，就像忍者那样。

“我是挠痒痒怪兽玛吉。”她叫着，开始胳肢我的胸膛和杰克的脚。我拿起枕头，往她头上扔去，但她低下头，灵活地躲开了。我们扭作一团，都忍不住大笑起来，阿奇在一旁不停叫唤。

“孩子们，请快点放开玛吉。”爸爸的声音传过来，他正穿过走廊去他的办公室。

接着，妈妈走了过来，我和杰克赶紧起身。

“玛吉，真对不起！”妈妈道歉说。她的表情很严肃，仿佛在说“我们晚些时候得聊聊这事”。

但玛吉脸上带着微笑。妈妈扶她站起来。玛吉今天穿了一条蓝色的裙子，戴着贝雷帽，这种帽子来自法国，大人戴上后看上去傻呵呵的。

“我把要做的事都记在纸条上了，纸条就放在厨房的桌子上。”妈妈说，她拿起爸爸的眼镜，爸爸总是忘记带眼镜。

妈妈飞快地和我、杰克吻别，她说：“玛吉会照顾你们，记住要懂礼貌，要对她说‘请’和‘谢谢’。还有，不准再和她玩摔跤了！”

“你看到我的眼镜了吗？”爸爸喊道。

“我拿了。”妈妈回答，他们一起走到门口。

“再见，孩子们，在学校玩得开心哦。”爸爸妈妈一边说，一边关上门。

我们跑到楼上，从“监视窗”那里跟他们挥手告别。当他们的车越开越远，像一只蚂蚁那么小时，玛吉转向了我们。

“笨猪。”她高声喊着，脱下法式贝雷帽，露出彩虹色的头发。

我的天呐！

她把头发编成了无数个彩色的小辫子，每条辫子后面都绑了个小小的蝴蝶结。

“笨猪在法语中就是你好的意思，现在让我们看下纸条吧。”

我拿起纸条，还带上了妈妈的钢笔，因为我知道玛吉喜欢往纸条上写她制定的新规矩。

纸条上写着：

1. 吃早餐。

2. 带上去学校吃的午餐。

3. 杰克必须穿新的校鞋。

4. 8点准时到学校。

“早餐吃什么？”玛吉一边问，一边慢悠悠地朝厨房走去，“我有点饿了，你们俩打算给我做什么好吃的？快来吧！”

杰克看着我，一边眉毛向上挑了挑。

“玛吉，你才是大人！应该是**你**给我们做早餐！”我笑着跟她解释。

“哦！”玛吉很惊讶，“我还从没做过早餐呢。以前，女王的厨师梅布尔每天早上都会把早餐端到我的床上。”玛吉说着，有些伤感起来。

我很好奇，“梅布尔给你做了什么好吃的？”

“皇家薄饼，”玛吉抽了抽鼻子，“加很多糖浆。”

“我爱吃薄饼，”杰克说，“我饿了！”

我的肚子也开始咕咕叫了，今天早上，我们吃什么呢？

“我能给你们做薄饼，没有问题，”玛吉自信地说，“做薄饼有什么难的呢？既然梅布尔可以，玛吉也会！”她拿起妈妈的钢笔，在第一条规矩旁边写上“薄饼”两个字，“很快，你们就能尝到玛吉做的加了很多糖浆的香喷喷的薄饼了！”

玛吉开始在厨房里翻来翻去，找出了一个平底锅和一个碗。

“你们真的没有管家或厨师来帮帮我？”过了一会儿，玛吉问。

我笑着摇了摇头，要是今天我们不用去学校该多好，和玛吉在一起总是那么开心！

我帮玛吉把鸡蛋、黄油、面粉和牛奶混成面糊，杰克负责搅拌均匀，接着，玛吉打开炉子。

“退后点，小家伙们，”玛吉大喊一声，只见闪烁的火苗舔着大大的锅底，“我可不想把这里给烧了！”

我和杰克往后退了一步，玛吉把所有面糊都倒进锅里。

“其实我要做的是可丽饼，就是法国人吃的薄饼，它的味道更棒。”玛吉大声说。

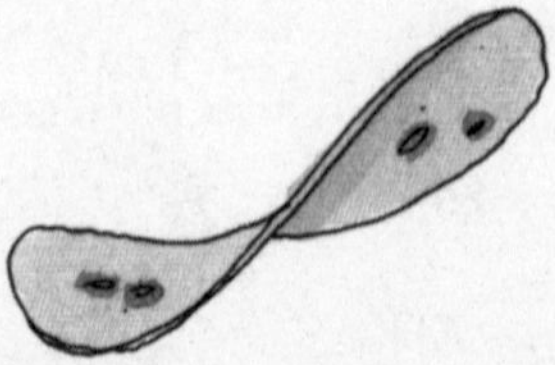

“难道你不想用铲子给薄饼翻个面吗？”我眯着眼看玛吉，“妈妈就是这么做的。”

“胡说。作为皇家厨师，梅布尔不用漂亮的铲子也能做到，我会把薄饼抛到空中……**就像这样！**”

玛吉用双手抓住平底锅，用力地把薄饼抛向空中。我和杰克看着薄饼越飞越高，越飞越高，**啪嗒一声**贴在了天花板上！

“快叫卫兵，关闭吊桥——有薄饼逃跑了！”玛吉急忙喊道。

我不知道该怎么办，薄饼牢牢地贴在天花板上，一动也不动。

“我们应该找消防队，”杰克提议，“他们有很长的梯子，我们可以爬上去把薄饼拿下来。”

“别傻了，”我说，“只有遇到紧急情况才能找消防队。”

“这绝对属于紧急情况。”玛吉严肃地说。

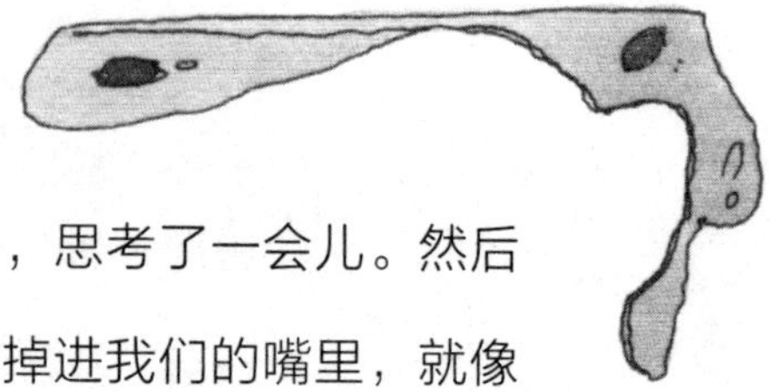

我们三个人抬头盯着薄饼，思考了一会儿。然后玛吉提议等薄饼掉进我们的嘴里，就像阿奇接住它的球那样。

可我们张着嘴等了好一会儿，我的下巴都开始酸了，薄饼还是没有掉下来。“我好饿啊，累死了。”杰克抱怨起来。

“说不定还在煎呢。”玛吉仍然抱有希望。

“在天花板上煎？”我问。

就在我们打算放弃，准备吃点麦片时，地心引力发挥了作用。

啪嗒！

薄饼掉下来，正好落到了玛吉的头顶中间！

“早餐来啦！尽情享用吧。”玛吉说。

我们抓起餐叉，玛吉往她的头上倒了很多糖浆。我们就在她黏糊糊的头发上大口大口地吃起来！杰克实在太饿了，他吞了半个薄饼，还差一点吃掉玛吉的彩色头发，幸好我及时阻止了他！

“给！”杰克把玛吉的贝雷帽拿过来，“我觉得你应该戴上帽子，你的头发黏糊糊的！”

玛吉大声地念出第二条规矩，还带着法国口音：**“带上去学校吃的午餐。”**

妈妈已经把我们的午餐盒放进了冰箱，我指给玛吉看。玛吉似乎有些怀疑，她看了看三明治，又闻了闻面包和奶酪。最后，她表示这些食物都很健康美味，但甜点也是不能少的。她打开放烘烤原料的抽屉，用巧克力粉把午餐盒空出来的地方都填满了。

我咧开嘴笑了，杰克高兴地拍起了手，“玛吉说了算！”他说。

玛吉又看了下纸条，“现在是第三条规矩：杰克，你妈妈说你必须穿上新校鞋去上学。”

杰克很愤怒，小脸涨得通红，像红灯那样。“我讨厌穿鞋！”他大喊。

“所有的鞋子都不喜欢吗？”玛吉问。

“是的。”杰克回答，态度很坚决。

于是，玛吉跑出房间，过了5分钟，她回来了，手里提着一个很大的棕色袋子，那是她从走廊壁橱里拿出来的。

“快看，”她说，“超级玛吉来帮忙了！”

她把袋子倒过来，倒出了一大堆鞋子，有徒步靴、旱冰鞋、小丑鞋、潜水用的脚蹼、高跷、滑雪板，甚至还有一双冰刀！

“这些看起来好玩吗？”玛吉问我的弟弟。

“我想穿那双旱冰鞋！”杰克笑着说。

玛吉帮他系好鞋带。

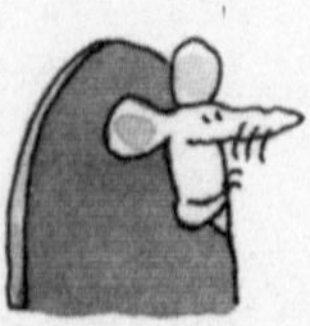

“可我不会滑！”杰克不好意思地说。

“不用担心，”玛吉说，“学校里会有老师教你的！”

“带上你的校鞋吧，以防万一。”我小心翼翼地说，把校鞋放进杰克的帆布书包里。

“我听说学校里的老师什么都能教，”玛吉说，“我很想去上一天学。”

“你小时候没去过学校吗？”我问她。

玛吉思考了一会儿，接着蜷缩进爸爸的扶手椅，我开始觉得那张椅子就是玛吉讲故事时的专用椅子了。

“你们准备好听故事了吗？”玛吉问。

我非常喜欢听玛吉讲她以前在王宫里遇到的事。由于讨厌死板的规矩，玛吉放弃了女公爵的头衔。如果你觉得生活在一幢普通房子里的规矩已经够多了，那么想象一下生活在王宫里会是什么样吧！但现在，我不希望故事太长，因为我们马上得去学校了，我讨厌迟到。

“我和鲁伯特王子有一个家庭教师，莫拉格小姐。家庭教师就是王室专门请的老师，她有尖尖的牙齿，总是让我们练习弹钢琴，我们练得手指都疼了。”

天呐！我和杰克相互看了一眼。听上去她很害怕，可怜的玛吉。

“有一天，我和鲁伯特王子再也受不了了。我们把莫拉格小姐骗到地牢里，里面布满了蜘蛛网，还有老鼠，然后我们锁上了门，把她关在了里面。”

钢琴课：凶狠的家庭教师莫拉格小姐。

杰克乐得直拍手，可我觉得王宫的地牢肯定很可怕。玛吉似乎看穿了我的心思。

“当然了，我们后来又把她放出来了，”她接着说，“时间不是很长，不过她吸取了教训。从那以后，莫拉格小姐对王宫里的孩子们的态度就好多了！”

玛吉站起来，我们朝门口走去。

突然，杰克的下嘴唇开始颤抖，眼泪夺眶而出，“我今天不想去学校！”他使劲地抽着鼻子。

我知道弟弟为什么不高兴，便把原因告诉玛吉，“今天上课之前，我们得参加学校音乐会的排练。”

每周一早上，我和杰克都要和其他班上的学生一起参加排练。我很喜欢，但杰克觉得很没意思，他不喜欢吹竖笛。

“太**无趣了**，”杰克号啕大哭，“我对音乐过敏。”

我给了他一个拥抱，试图安慰他：“你只需要练习你那部分乐谱就行了。”

突然，玛吉跳上了咖啡桌，手舞足蹈起来。

“白天，我是了不起的保姆玛吉，但到了晚上，我就是音乐家玛吉。”

哇！原来玛吉还是音乐家！

“我可是皇家铜管乐队的明星哟！”她自豪地说。

“什么是铜管乐队？”杰克问道，擦干了眼泪。

“就是一群吹铜管乐器的音乐家组成的乐队，例如小号、圆号和大号。”玛吉解释说。

“你的乐队里还有哪些人？”我问，心想着应该有她在王宫里认识的朋友吧。

“没有了，”玛吉说，“我一个人负责演奏所有的乐器。我喜欢把它们都套在脖子上，然后在皇家花园里走来走去。”

杰克来劲了，“你会去我们学校参加音乐会排练吗？”

“当然！”玛吉说，她拿起我们的书包，戴上帽子。

呼，我们终于要去学校了！

原来旱冰鞋真的很难穿！我和玛吉沿着人行道边走边聊天，杰克穿着旱冰鞋，用力地蹬着小腿，频率越来越快。我们爬上一座很高的山，到达山顶后，杰克从我们身边一闪而过，就消失在了灌木丛中！速度快极了。

我和玛吉相互看了一眼，都吓呆了。我想起有一次杰克在超市里走丢了，当时他还是个小娃娃。最后，爸爸发现他躺在购物车下面舔车轮子！

“杰克？”我大声喊着，四处张望，没有发现他的身影，我的心跳得很快，“我们把杰克弄丢了，我该怎么把这个坏消息告诉妈妈？”我很担心。

“他没有走丢，”玛吉宽慰我，“他只是暂时消失了。”

灌木丛里传出了一阵沙沙声，一只褐色的松鼠猛地冲了出来，杰克跟在它后面，全身上下挂着树枝和叶片。他笑得合不拢嘴，“我爱滑旱冰，我的膝盖也没有擦破！”

不过，杰克已经累得筋疲力尽了。我帮他把旱冰鞋脱下来，给他穿上校鞋，我们重新踏上了去学校的路！

音乐老师伯茨夫人站在校门口，等着参加音乐会排练的孩子们。玛吉向伯茨夫人行了个屈膝礼，开始自我介绍。

“你好，我叫玛格丽·博雷加德·维多利亚·庞特伏瓦，我是……一个女公爵。”

玛吉再三表示自己想参加排练，这让伯茨夫人感到非常惊讶。不过当玛吉说她本人是皇家铜管乐队的音乐家后，伯

茨夫人同意了她的请求。

玛吉和我们一起上学，这让我有些紧张，她会不会惹麻烦呢？

我们一起向音乐厅走去。我无意中听到玛吉对伯茨夫人坦白："我以前从没上过学，之前那位家庭教师只教我刺绣和制作野花模具！"

"你在家上学？"伯茨夫人问。

"是在王宫上学。"玛吉纠正她。

伯茨夫人惊讶地张大了嘴巴，我和杰克强忍住不笑出声来。

当我们进入音乐厅时，每个人都盯着玛吉看。由于头发上粘了糖浆，她的贝雷帽歪成了一个很奇怪的角度，而且她兴奋地跳了几步吉格舞。

伯茨夫人拍了两次手，才让大家安静下来。我和杰克、罗西、威廉姆、露西、席奥坐成一排，他们在席奥的生日聚会上见过玛吉，都朝她挥手打招呼。玛吉和我们的音乐老师一起站在音乐厅前面。

"早上好，同学们。"伯茨夫人说。我们也向她问好（除了杰克，他紧张地看着摆放在角落里的乐器）。伯茨夫人笑得很灿烂。

“这是杰米玛和杰克的保姆，玛格丽·博雷加德·维多利亚……波豪猪？”

大家都乐了。

“呃，如果我记错了，非常抱歉，”伯茨夫人说，“好吧，今天玛吉会帮我们一起排练。”

玛吉鞠了一个躬，好像刚得了奖那样。然后她开始跳舞，不停地换着脚，仿佛地面是滚烫的，每个人都被逗得哈哈大笑。

但伯茨夫人又露出了慌张的表情。

“哦不，”她开始翻起手中的纸，转向玛吉说，“我忘记带活页乐谱了。我很快就回来，你能帮我照看下孩子们吗？”

玛吉使劲地点了点头。

我看了一眼杰克，他也看着我。玛吉要照看音乐厅里所有的孩子，这让我觉得难以置信！

伯茨夫人刚离开，朱迪·布里格斯就把手高高举起，“你是小孩，还是大人？”她问玛吉。大家又咯咯笑起来。

“就让杰克来告诉你吧。”玛吉回答。

于是，杰克站起来，礼貌地告诉大家玛吉其实是个个头很矮小的大人，但以她的身高，足够够到冰箱中间的架子，就是放奶酪的那个架子，这才是最重要的。杰克酷爱吃奶酪，就像我喜欢贴纸书那样。大家纷纷点头，赞同杰克的说法。

“我们开始上课吧，”玛吉提高嗓门，认真地宣布，“我是你们的代课老师，请排好队，我把乐器分给大家。”

玛吉找到了角落里的蓝色大桶，里面装着所有的乐器，她一脸自豪地站在旁边。

我们在玛吉面前站成一排，有些男孩的个头都超过了玛吉，我觉得很好笑。

玛吉闭上眼睛，在桶里摸索着，仿佛那是一个抽奖箱。

一阵沉默后，玛吉开口叫道："哇啦！"只见她拿出一支单簧管。

她把单簧管递给罗西·威廉姆斯，罗西很疑惑。

"我是拉小提琴的。"罗西说，其他孩子都哈哈大笑。

玛吉想了一会儿说："今天不是。大家应该想学多少乐器就学多少，不然你怎么知道自己最喜欢哪种乐器呢？我本人喜欢14种乐器，我既会吹法国圆号，也会吹苏格兰风笛，而且都吹得很好。"

玛吉又把手伸进桶里。

"下一位！"她喊。

排在第二位的朱迪拿到的是一把吉他，而不是她之前吹的长笛，接下去轮到杰克了。

玛吉的手在桶里摸索着，她闭着眼睛，嘴里哼着小调，拿出一个三角铁。

"可我不会用这个！"杰克愁眉苦脸地说，"我吹竖笛那

么难听，三角铁肯定也敲不好。”

“胡说，”玛吉说，“倾听内心，你就能敲出美妙的音乐。下一位！”

我排在杰克后面，玛吉给了我一支小号。我喜欢小号的声音，但我以前从没想过吹小号，因为我学的是小提琴，而且和我同龄的女孩们也都没吹过小号。可以尝试新乐器了，我突然很激动。我把嘴放在吹嘴上，用力一吹——噗！小号发出一种奇怪且刺耳的声音。

大家一个接一个领乐器，所有的乐器都发完了，几乎每个人拿到的都是自己以前从没用过的乐器。有三个男孩因为打鼓的顺序争执起来，但玛吉很快解决了问题，她让他们同时打鼓。

有些年龄更小的孩子没有排队领乐器。

“我们不想碰任何乐器，”玛丽·库珀抱怨说，“一点儿也不好玩。”

“我给你做一个特别的乐器，只给

你一个人用！”玛吉兴高采烈地说。

她在角落里忙活开了，只见她往一个空的果酱罐里装满回形针、大头针和订书钉，一个彩色的沙铃就做好了。

“哦哦……”玛吉用力地摇了摇，这个自制的沙铃发出了咔擦咔擦的声音，玛吉欣喜若狂。

于是，我们都开始动手，帮没有领到乐器的孩子做乐器。我找到一个空的咖啡罐，把它做成了一面鼓，朱迪给哈里森的弟弟做了一个雨声棒。玛吉找到一些旧的铃铛，把它们系在彩带上，分给孩子们。不一会儿，每个人都心满意足地领到了自己的乐器。

“现在我们可以开始排练啦！”玛吉喊道。

大家都有些紧张，但渐渐地，每个人都放松下来，开始演奏自己的乐器。

“闭上眼睛，大声点！你想怎么演奏，就怎么演奏，不用管方法对不对。”玛吉说，她在我们前面摇摆着身体。

我们拼命地吹着，敲打着，弹着，跳着，拍手和唱歌！音乐厅里实在是太吵了，我连自己的小号声都听不到，要知道小号的声音是非常大的。

我看向杰克，他跟着音乐节奏敲打着亮闪闪的三角铁，看上去开心极了。

“真是太好听了！”玛吉热情地说，“让学校里的其他人也听听我们美妙的音乐吧！”

玛吉猛地推开门，带着整个排练班沿着走廊向外走，来到操场上。

这听上去不是个好主意，但我们都很开心。我终于知道为什么音乐能让人快乐了，尽管我只能从小号里吹出噗噗的声音。罗西像弹吉他那样吹单簧管，露西的头上顶着一个鼓。

“这是我的鼓帽。”她一边说一边打鼓，发出了最有趣的声音！

席奥的小提琴拿反了，可他仍然拉得很起劲！真是不敢相信——小提琴居然发出了很动听的声音。杰克依旧跟着音乐节奏，得意地敲着三角铁。玛吉大声唱歌，仿佛是在歌剧院里！但她的声音颤抖着，很刺耳，像一只在山顶迷路的羊发出的叫声。

我们来到操场中间，弄出了很大的声响，其他孩子和老师都从教室里跑出来，观看我们的表演。

一开始，大家都不知道发生了什么事，但很快，其他孩子开始跟着节奏拍手，用脚打着拍子。看到所有的孩子都那么开心，没有老师站出来表示反对，就连向来很严厉的科学老师特恩布尔夫人也跟着音乐节奏点着头，一些大孩子甚至跳起了舞！

用力吹小号加上哈哈大笑让我的脸颊变得很疼，但是，大家都很喜欢我们这场疯狂的表演！

我东看看，西瞧瞧，找不到玛吉，她去哪儿了？

接着我听到一个低沉的声音，转过身去。玛吉穿上了杰克的旱冰鞋，脖子上套着一个大号。大号就是大型的小号，比玛吉的个头大了一倍！我只见过一个名叫玛莎的高年级女生吹过大号。

玛吉一边用力地吹着大号，一边绕着我们滑。

哦不，我心想，玛吉，你的速度太快了。她飞快地转着圈，从我身边嗖嗖地滑过。

当玛吉从体育老师林登先生旁边一晃而过时，他大声喊道："小心！"但为时已晚。

砰！

啪！

哗啦！

玛吉失去了平衡，脸朝下摔进了操场中间的小喷水池里。

大家情不自禁地哈哈大笑起来。伯茨夫人回来了，正好看到玛吉摔进了喷水池，头上套着大号，两条细细的腿伸在外面！

每个人都笑得前仰后合，但我和杰克赶紧跑过去，把玛吉从水里拉了出来。杰克和席奥抱住大号，我抓着玛吉的细腿，想帮她把脑袋拔出来。罗西上来抓住我，露西抓

住罗西，杰米和彼得抓住露西，不一会儿，所有的学生都排成一排，就像拔河比赛那样拼命用力，想把玛吉从大号中救出来，直到……

玛吉得救了！我们都摔倒在地上，但没有人受伤。玛吉没事，就是大号沾到了一点水，我松了一口气。

“干得好，我的音乐家朋友们！”玛

吉表扬我们，大家拥抱在一起。

这时，我们的校长西莱斯先生来到操场上，“好了，大家都回教室吧。”他的口气很严肃。看到全身湿漉漉、头戴贝雷帽、拿着一个大号的玛吉，西莱斯先生挑起了一条眉毛。

“玛吉，我们该去上课了。”我跟她解释。

“我能跟你一起上课吗？”她说着就抢先冲向教室。

我们都回到了教室，上午很快就过去了。我看得出来，操场音乐会之后，每个人的心情都很好，就连伯茨夫人也没有因为大号被打湿而生气。数学课上，当我们答对问题时，贝茨先生还奖励我们！我得到了一张“今日之星”的证书，玛吉获得了三张金色贴纸。

课间休息时，玛吉在操场上教杰克、席奥、杰米和彼得学滑旱冰。接下去的体育课，在玛吉的劝说下，林登先生同意在玩抛接球游戏时配上音乐。玛吉开始大声唱歌，在她的伴奏下，我没有一次失误，我终于喜欢上体育课了！

美术课上，玛吉提议大家蒙上眼睛画自画像。艾拉不小心画到了德鲁的毛衣上，詹姆斯碰翻了一整桶绿色的颜料，我担心美术老师布洛克先生会发火。但到美术课结束时，连布洛克先生都称赞大家的自画像很与众不同，认为这次练习“解放了我们的想象力”。有玛吉的陪伴，上学的时光变得格外快乐！

丁零零！午餐时间到了。

我们把美术教室打扫干净，带上自己的午餐盒，准备和同学围坐成一个圆圈，享用美味。我正向教室走去，杰克突然从我身后冒出来，“伯茨夫人说我今天可以去你的教室吃午餐，因为我在音乐会排练时表现很好。”

我看得出来，杰克迫不及待地想见到我们的保姆。当我们进门时，玛吉正坐在地板中间。杰克跑过去，给了她一个拥抱。我们的班主任盖尔先生有些吃惊，但我觉得他应该不会介意。

“我要去教研室吃午饭，你可以帮我照看下孩子们吗？”他问玛吉。

“当然！”玛吉答应了，给了杰克一个灿烂的微笑。

我们围着玛吉坐成一个圆圈。玛吉从她的包里拿出午餐盒，还有一个很大的勺子。

“在王宫里，我们有专门的食物测试员，确保没有人可以下毒伤害国王或王后！”她满怀期待地看着我们。

大家都很乐意与玛吉分享自己的午餐。

吃一勺杰科带来的火腿三明治……

好吃！

吃两勺莎拉带来的沙拉……

好凉啊！

吃一半罗西带来的花生酱和苹果……

真可口！

吃光了艾丽带来的鱼条……**太棒了！**

玛吉摸摸她的肚子，叹了口气，“在王宫里，用过午餐后，我们通常会午睡一会儿，当女公爵是很累的。”

玛吉伸了个懒腰，舒服地靠在图书角的豆袋沙发上，那个大号就摆在旁边。

“你能给我读个故事吗？”她像个小宝宝那样轻轻地问道。

我和露西赶紧去拿我们最喜欢的故事书，艾丽从柜子里拿出一条毯子。玛吉蜷缩起身体，我们给她念了个睡前故事。杰克负责翻书页，大家都加入进来。全班轮流给玛吉讲故事，每个人念一页。

故事讲完，玛吉也闭上了眼睛。

“你能把灯开着吗？”玛吉问，“我怕鬼。”

杰克转了下眼珠，“连我都知道，世界上没有鬼！我才4岁。”他真的很擅长转眼珠。

“不对，世界上有鬼。”玛吉回答。她拉过毯子，盖住脑袋。

“呜呜呜！”她模仿鬼说话，“呜呜呜……”

全班同学都咯咯笑起来，玛吉太滑稽了。

“我是了不起的鬼魂玛吉！”她开玩笑说。

但很快，玛吉哈欠连连，抱着大号，进入了梦乡。

盖尔先生吃完午饭回到教室，惊讶地发现全班都安静地围坐成一个圆圈。他似乎没有留意到睡在角落里的玛吉，我们之所以保持安静，就是不想吵醒她。

下午上课时，我总是惦记着玛吉。从一个教室换到另一个教室，我老想着玛吉是不是还在睡觉，万一她醒了，惹出更多麻烦怎么办。真希望我能悄悄地去看一眼，看看她是不是还睡在豆袋沙发上。可我没有时间，一个下午就这样飞快地过去了。

丁零零！

铃声响了，放学了！

我来到校门口，看到爸爸妈妈和杰克正在等我。

“杰米玛，在学校还好吗？”爸爸问。

“我今天吹了小号！”我得意地说，“体育课上玩抛接球游戏时，我一次失误也没有。”

“杰克，你在音乐会排练上表现怎么样？”妈妈问弟弟。她看上去有些担心，因为每周一放学时，杰克都会不停地抱怨。

“我**爱**音乐会排练，”杰克高兴地说，“玛吉教我敲三角铁，伯茨夫人说既然我那么喜欢三角铁，下周我可以继续敲！”

“玛吉也在学校里？”妈妈很惊讶。

就在那一刻，我听到了一个熟悉的声音，我们转过身去看。

玛吉脖子上套着大号，一边吹一边走出学校，声音非常大。看到我们，她露出了灿烂的笑容。

“我把水都吹出来了！”玛吉兴奋地说，“伯茨夫人说我也可以加入校乐队，只要我先在家练习一下就行。”

爸爸妈妈互相看了一眼，我和杰克都哈哈大笑。

“接我回家的马车呢？”说这话时，玛吉露出了很无奈的表情。

“你真是太幽默了，玛吉，”爸爸回答，用手指着我们那辆蓝色的旧车，然后拉开车后门，深深弯腰，喊道，“殿下，您的马车已经准备好了！”

我笑得合不拢嘴，玛吉真有趣，她的幽默快乐也感染了身边的每一个人。

“麦河西！”玛吉优雅地说，“这是法语的谢谢。”我们一起挤进车里，她向我们解释说。

回家的路上，我笑个不停。我和杰克紧挨着玛吉，坐在后座，爸爸妈妈不停地问我们今天在学校里发生的事。

谁会想到爸爸妈妈来接我们放学的时候，还得接上我们的保姆呢？玛吉真的不是一个普通的大人。对我来说，在这个世界上，她是最棒的保姆。

叭
叭
英国
再见

你读过其他关于玛吉的
有趣故事吗？

Marge in Charge 神奇保姆玛吉

Marge and the Pirate Baby

家里来了个“海盗宝宝”

2

[澳大利亚] 艾拉·菲舍尔（Isla Fisher）著　　[法] 爱格兰蒂·瑟勒芒斯（Eglantine Ceulemans）绘

中国青年出版社 CHINA YOUTH PRESS

家里来了个“海盗宝宝”

小表妹扎拉来了，阿姨和妈妈都说她是小天使，只有我和弟弟杰克知道扎拉可是个“海盗宝宝”：她总是随便乱拿我们的东西，恶作剧地把口水吐到杰克的白色新鞋上，生起气来声音大得就像“救护车”……幸好这一次保姆玛吉也在，她能照顾好这个“海盗宝宝”吗？

[澳大利亚] 艾拉·菲舍尔（Isla Fisher）著　　[法] 爱格兰蒂·瑟勒芒斯（Eglantine Ceulemans）绘

中国青年出版社
CHINA YOUTH PRESS
中青文传媒

了不起的玛吉

玛吉真是了不起！在她的带领下，我们用遥控卡车拔掉了杰克那颗松动的牙齿，拯救了一列被奶牛阻碍前行的火车，还参观了动物园里各种各样的奇妙动物……

Marge in Charge 神奇保姆玛吉
Marge and the Secret Tunnel
嘘！我们发现了
秘密地道
奥兹国
4
[澳大利亚] 艾拉·菲舍尔（Isla Fisher）著
[法] 爱格兰蒂·瑟勒芒斯（Eglantine Ceulemans）绘
中国青年出版社
CHINA YOUTH PRESS

嘘！我们发现了秘密地道

你一定不会相信，我们的神奇保姆玛吉竟然带着我和弟弟杰克进入了一条地下秘密通道，去了一趟“奥兹国”，探险，寻宝，还结识了一位神秘的新朋友！她是谁呢？

Marge and the Pirate Baby

家里来了个“海盗宝宝”

[澳大利亚] 艾拉·菲舍尔（Isla Fisher）著　　[法] 爱格兰蒂·瑟勒芒斯（Eglantine Ceulemans）绘

中国青年出版社
CHINA YOUTH PRESS
中青文传媒

图书在版编目(CIP)数据

家里来了个“海盗宝宝”/(澳)艾拉·菲舍尔著;(法)爱格兰蒂·瑟勒芒斯绘;陈薇薇译.—北京:中国青年出版社,2019.3(神奇保姆玛吉)

书名原文:Marge and the Pirate Baby

ISBN 978-7-5153-5397-5

Ⅰ.①家… Ⅱ.①艾… ②爱… ③陈…

Ⅲ.①儿童故事–图画故事–澳大利亚–现代 Ⅳ.①I611.85

中国版本图书馆CIP数据核字(2018)第254362号

家里来了个“海盗宝宝”

作　　者:[澳]艾拉·菲舍尔
绘　　者:[法]爱格兰蒂·瑟勒芒斯
译　　者:陈薇薇
策划编辑:向琳君
责任编辑:胡莉萍
美术编辑:张燕楠
出　　版:中国青年出版社
发　　行:北京中青文文化传媒有限公司
电　　话:010-65516873 / 65518035
公司网址:www.cyb.com.cn
购书网址:zqwts.tmall.com　www.diyijie.com
印　　刷:北京诚信伟业印刷有限公司
版　　次:2019年3月第1版
印　　次:2019年3月第1次印刷
开　　本:880×1230　1/32
字　　数:80千字
印　　张:5
京权图字:01-2018-5032
书　　号:ISBN 978-7-5153-5397-5
定　　价:89.90元(全4册)

Photo by: Jim Spellman/WireImage

艾拉·菲舍尔，好莱坞知名演员、作家，曾长期固定出演电视剧《聚散离合》，并相继参演《一个购物狂的自白》《惊天魔盗团》《了不起的盖茨比》《守护者联盟》等电影，在此期间出版了畅销小说《名利有货》和《欲罢不能》。她有三个孩子，每天都会给他们讲自己编的睡前故事，这套风趣幽默的《神奇保姆玛吉》就是这样诞生的。

爱格兰蒂·瑟勒芒斯，法国知名绘者，毕业于里昂mile Cohl高等艺术学校，会大胆使用不同的材料和技巧进行创作，作品幽默且细腻。

巴顿一家
妈妈
爸爸
杰克
我（杰米玛）

CONTENTS

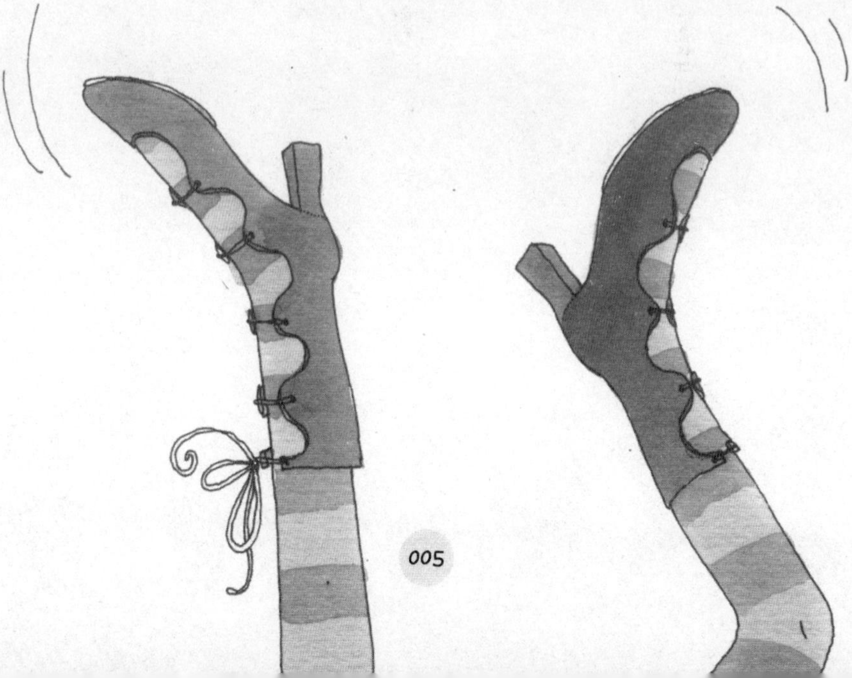

Marge the Pirate Nanny
家里来了个“海盗宝宝”

嗨，我们又见面了——我是杰米玛·巴顿。我今天特别兴奋，因为我们那了不起的保姆玛吉要来。在认识她之前，我们就是一个普普通通的家庭。我知道你在想什么——保姆都很无趣，那是因为你没有见过玛吉。无论什么时候，只要有玛吉在，就会有奇妙的事发生。有一次，她带着我们全校的学生开露天音乐会，结果不小心把大号套到了头上。还有一次，她想把气球绑在杰克的脚上，看看他能不能飘到学校。

唯一烦心的就是我们的小表妹扎拉也要来。

我努力不让自己胡思乱想，这会儿，我正在画自画像

（就是给自己画肖像），打算一会儿给玛吉看。我是我们班里画画第二棒的，第一棒的是艾米丽 · 福克斯，她画的手指、脚趾和真的一模一样。

杰克还是我的小弟弟，虽然有时候，我希望没有他这样的弟弟。杰克仍旧喜欢摔跤和恐龙，不过现在他还喜欢海盗。

此刻，我们在花园里，一起坐在毯子上，杰克就在我身旁用乐高积木搭海盗船。

我们有一段时间没见扎拉了（谢天谢地），现在的她已经学会爬了。刚出生的时候，她就是小小的一团，眼睫毛长长的，什么都不会。妈妈说我小时候也是这样，她说我和扎拉可以成为好姐妹！但我们绝不可能成为好姐妹，因为扎拉太淘气了。

虽然扎拉看上去像个天使，可我和杰克都觉得她肯定不是天使，但没有人相信我们的话。扎拉对我做了很多坏事，我统统都记在了自己的秘密日记本上：

1. 在我从图书馆借来的书上乱涂乱画。
2. 把牙膏挤进我的玩具小屋里。
3. 把我的海滩芭比娃娃的头拧了下来。

我找遍了房间各个角落，始终没有找到芭比娃娃的头。你能相信吗？后来，爸爸打开烤箱，里面散发出一股可怕的味道，原来是一个头发被烤焦了的黄色脑袋，看上去像个外星人。

不过今天，我还是把所有的娃娃都拿了出来，在前门排成一排，除了椰菜娃娃莎拉。因为我把莎拉的头发剪短了，现在她的样子有些吓人，我可不想吓到小表妹。每次扎拉哭的时候都很大声，我得用手堵住耳朵才行。上一次我们见到她时，爸爸给她起了个绰号——“救护车”，因为当扎拉生气时，她就会发出警报器那样的声音：

哇哦，哇哦！

“那个坏宝宝**不能**靠近我的玩具，”杰克警告说，“尤其是皮特。”

皮特是一只毛绒恐龙，自从杰克出生后，他每晚都会抱着皮特一起睡觉。我弟弟定了两条规矩：

1. 谁都不能碰皮特，绝对不能。

2. 他坚决不进沙坑，因为他怕自己陷入“流沙”中。

今天早上，他学我的样子，把皮特和两辆卡车排成一排，欢迎扎拉。只不过在玩具前面，他还挡了一堆书，这样扎拉就只能看，而摸不到他的玩具了。

杰克不肯原谅扎拉。当我们第一次见到小扎拉时，妈妈让杰克抱抱她。杰克对小宝宝很温柔，甚至还给她唱了一首歌，但扎拉把绿色的东西吐到了杰克的白色新鞋上。

好恶心。

然后——你能相信吗？她居然笑了。

不过杰克之所以不肯原谅扎拉，还有其他的原因。扎拉上一次来我家时，妈妈刚离开房间，她就拧开了自己的杯盖，把橙汁倒在了杰克的头上。当杰克忙着擦脸的时候，扎拉又一把拉下了他的裤子。

阿姨说这只是个意外，但我和杰克清楚扎拉是故意的。

现在这个宝宝会爬了，天知道她今天会惹出什么样的麻烦，但至少有玛吉在，她会保护我们的。

叮咚！

阿奇开始汪汪叫，它是我们养的小狗，长着一个狮子鼻。我听到妈妈跑去开门的声音，她的高跟鞋踩在木地板上，发出喀哒喀哒的响声。

我透过落地窗往那边看去。萨莉阿姨就站在门厅里，她推着一辆粉红色的婴儿车，那是扎拉的婴儿车。我感觉到自己的心跳开始加快了。

不一会儿，后门被打开了。妈妈和萨莉阿姨推着婴儿车来到花园，她们聊得很开心。婴儿车的大轮子压过草坪，我看到扎拉的一只小胖手不停地挥动着，这下逃不掉了。阿奇

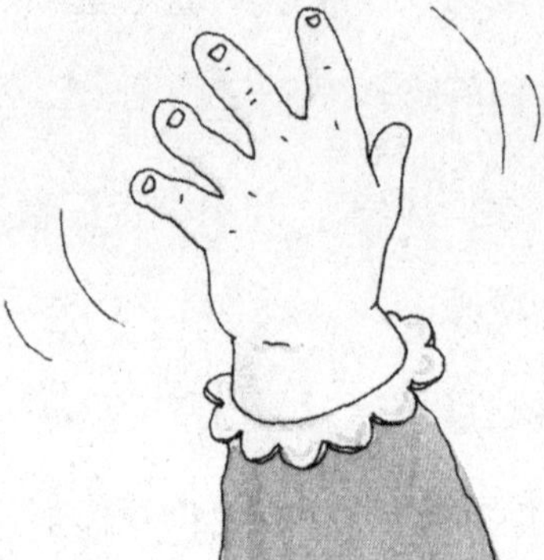

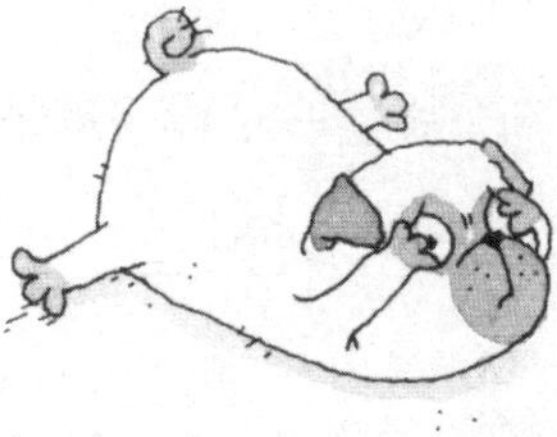

低下头，用爪子捂住眼睛。我真希望自己可以躲得远远的，但今天我必须像个大姑娘那样，尽管我只想和玛吉在一起，给她看我画的画。

婴儿车慢慢地停了下来。

“你真是个好宝宝！”萨莉阿姨一边念叨着，一边把女儿从婴儿车里抱了出来。

我们的小表妹确实很可爱，她长着一头黑色的卷发，今天还扎了一个大大的紫色蝴蝶结。

但很明显，杰克并不觉得扎拉可爱，“腿这么胖，她都可以去当相扑运动员了。”他跟我说。虽然杰克是在我耳边说的悄悄话，但扎拉好像也听到了。

“嘎~嘎。”她叫起来，伸出小手指着我。

我的后背开始发凉。

“嘎~嘎？”我扬起眉毛，看着杰克。

“‘嘎~嘎’的意思就是‘我要来找你们了。’”杰克小声地说。

我们都很紧张，勉强地微笑着。小扎拉瞪大眼睛看着我们，真希望玛吉有办法让她乖乖的。

我给了阿姨一个大大的拥抱，因为不想压到小宝宝，所以我很小心。阿姨说我长高了。杰克给萨莉阿姨看了他那颗已经松动的门牙，阿姨似乎很有兴趣。

接着，她把扎拉交给妈妈，妈妈开始用娃娃音逗着小扎拉。

“嘿，扎拉，吧～吧～噗～噗，吧～”

扎拉一脸茫然。

为什么大人总喜欢把小宝宝当成傻瓜，学娃娃音跟他们说话呢？

妈妈捏了捏扎拉的小脸蛋，她咯咯笑了，装出很可爱的样子。

“玛吉应该马上就到了。”妈妈跟萨莉阿姨说。

她们要去参加一场特别的晚宴，庆祝萨莉阿姨的生日。爸爸出差了，所以玛吉会来照顾我们。

叮咚～

门铃又响了！

“我去开！”杰克飞快地从我身边跑过。他已经把运动短裤套到了脑袋上，就像戴着摔跤面具那样。他一边跑，一边嘴里发出飞机起飞的声音。

砰——他被绊倒了。

“哎哟！”杰克叫起来，他很恼火，脸涨得比消防车还要红。

就在我以为杰克还会说些其他话时，妈妈提醒他：“不准说粗话。”她轻轻地搂了一下他。杰克没再吱声，而是冲进了屋子里。

最近，杰克养成了说粗话的坏习惯。上个礼拜，他当着老师的面说了一句粗话，把妈妈给气坏了。所以现在，我家的冰箱上贴了一张表格。如果有人说一句粗话，就会得1分。杰克已经有3分了。要是他得到5分，周末就不能骑自行车。

门开了，终于……

玛吉来啦！

她穿着一件塑料雨衣，戴着帽子，手里转着一把雨伞，“我知道现在没有下雨，但小宝宝很调皮捣蛋，所以我得先做好准备！”玛吉的嘴咧得大大的，像是一下就能塞进一片西瓜。

杰克跑进玛吉的雨衣里，“我讨厌小宝宝！”他想躲起来。

“我也是。”玛吉弯下腰，冲杰克眨眨眼。虽然我弟弟只有4岁，但玛吉比他高不了多少。

“你知道谁**最喜欢**宝宝吗？”她问我们。

“妈妈？”我猜。

玛吉摇摇头。

“那会是谁？”杰克眨了眨眼睛。

“是海盗！”她轻声说。

我们惊讶地瞪大了眼睛，玛吉总是能让我们大吃一惊。

不过，我想起了另一件事，“看，”我害羞地把画递给她，“我画了一幅自画像。”

玛吉看了好一会儿才说：“杰米玛，你是一个了不起的画家。如果王后看到这幅画，她会把它放进画框里，展示给所有人看。”

我的心扑通扑通地跳着，自豪极了！我等不及要把其余的画都拿给玛吉看。其实，玛吉是个女公爵，也就是说她是王室成员之一。所以，有时候，她以为会有马车来接我们；有时候，她觉得应该会有管家来帮我们准备晚饭。

这时，妈妈和萨莉阿姨过来和玛吉打招呼。萨莉阿姨看到玛吉时露出了惊讶的表情，因为玛吉的个头实在太小了。对了，我和你说过吗？你只要把7包饼干叠起来，就知道我们的保姆到底有多高啦。

“照顾扎拉是小菜一碟。”阿姨一脸轻松地说。

这会儿，扎拉看上去确实挺可爱的，但我和杰克相互看了一眼——我们知道实际情况正好相反。

妈妈、玛吉和萨莉阿姨一边喝茶，一边讨论照顾宝宝需要注意哪些事情。然后，妈妈将纸条贴在冰箱上，扎拉心满意足地躺在玛吉的臂弯里。萨莉阿姨放心了，她轻声地和我们道别，踮起脚尖向门口走去。

“记住，”妈妈悄悄地叮嘱我们，“要听话，在我们出去这段时间帮助玛吉照顾你们的小表妹。”她亲了我一下，又亲了杰克一下，等着我们作出保证。

“我会的。”我笑着对妈妈说。

可扎拉会听话吗？

“我可不会，”杰克生气地说，“我只喜欢霸王龙宝宝！”

萨莉阿姨和妈妈笑出了声，但我有点担心。

“如果有人说粗话，就在表上加一分。”妈妈跟玛吉说。

玛吉点点头，轻轻地把宝宝放进了婴儿车里。

扎拉闭着眼睛，但一只手握成了拳头，她真的睡着了吗?

我很不情愿地来到屋外，妈妈和阿姨开车离开了，我挥手和她们告别。

“再见，孩子们，记住——玛吉说了算！”

当我家那辆蓝色的老车消失在视线后，我就转身回到屋里。杰克和玛吉正在草坪上玩相扑，我便去看宝宝。我踮起脚，悄悄地走近婴儿车，往里看……里面竟然是空的。我的手掌开始出汗，我就知道她刚才是在装睡。

我看到一只小脚消失在房子的转角处——扎拉往后花园去了。

“宝宝逃跑啦！”我大声喊着，跑去追她。

玛吉和杰克也以最快的速度冲了过来。

扎拉在后花园发现了杰克搭的乐高海盗船。

我们赶紧向她跑过去，就在这时，我发现扎拉的眼里闪过一丝狡黠的光芒。只见她把海盗船高高举起，仿佛那是一个可以扔的球……

幸好我们的保姆及时抓住了她的手，接着，把海盗船递给了我。

“小心，小淘气鬼，”玛吉教育扎拉，“不然你会受到惩罚哦！”

扎拉生气地发出咯咯声，玛吉把她放回婴儿车里，给了

她一个橡皮奶嘴。

“看到了吧，你永远都不知道小宝宝会干出什么事来，他们只听海盗的话。”她说。

“海盗？”我不相信。

“是的。”玛吉答道。她坐到毯子上，让杰克坐在她的大腿上，我挨着她坐下来。

我喜欢听玛吉讲故事。

“是这样的……”玛吉拿掉了帽子，彩虹色的长发披下来，在阳光的照耀下闪闪发光。

我有没有和你说过，我们的皇家保姆有一头彩色的头发，红色的、绿色的、黄色的、橘色的和蓝色的，很漂亮！第一次看到她的头发时，我简直不敢相信自己的眼睛！我不知道如果爸爸妈妈看到她神奇的头发后，是否还会让她照顾我们。不过只有和我们在一起时，玛吉才会把头发露出来。

“离开王宫后，我决定乘船去非洲，我的船叫海军上将玛吉8号，我想去遥远的地方探险。另外，我那头得白化病的水牛总是失眠，所以我得找办法治好它。”

“什么是失眠？”杰克问。

“和总是睡觉相反，就是睡不着，”玛吉解释说，“但就在横渡大海时，我的船遭到了海盗的袭击！”

我立马紧张起来，杰克的下嘴唇开始颤抖，就连扎拉也露出了害怕的表情。

“他们的船叫毒咒号，船长叫不高兴的罗杰，但其实他人挺好的，内心很善良。”

“真的吗？”杰克小心地问。

“当然！他需要一个保姆来照顾船上的宝宝们。我接受了这份工作，而我那头有白化病的水牛韦斯利和船长的鹦鹉波莉安娜成了好朋友。和宝藏相比，海盗更喜欢小宝宝。”

我不知道应不应该相信玛吉。我实在没法想象海盗船长把小宝宝搂在怀里的样子，无论他有多么善良！

船长“不高兴的罗杰”

杰克也不是很相信，“真的有小宝宝住在大海上吗？”他问。

“有好几百个呢。想想吧，”玛吉继续解释，“宝宝和海盗有很多相同的地方。”

“是吗？”我们异口同声地问。

“当然啦！他们都喜欢闪闪发亮的东西，都会随便拿别人的东西，从不征求对方的同意。他们还都喜欢抱着瓶子喝东西，从早喝到晚！其实，所有的小宝宝都是海盗。”

我和杰克相互看着对方，玛吉的话听上去很有道理。

“现在我们来看看有哪些规矩吧，”玛吉从冰箱门上拿下纸条，又回到屋外，把纸条递给我，“快点吧！”

“咕嘎！”扎拉大叫起来，她一把夺走纸条，在中间咬了很大的一个洞。

只见她嚼了两下，然后把纸吐了出来。

真恶心，纸都湿了，上面的字也看不清了。

可玛吉一点儿都不着急。“以前有个宝宝把整张藏宝图都嚼烂了，”她陷入了回忆中，“反正我们也不需要这张纸条。我在海上照顾过很多宝宝，我们只要遵守玛吉定的海盗规矩就行了。”

我不知道萨莉阿姨会怎么想，但现在玛吉说了算。

规矩1. 扎拉需要一瓶牛奶，而不是朗姆酒。只有等她长大，成为一个真正的海盗后，才能喝朗姆酒。

规矩2. 海盗宝宝喜欢玩游戏，喜欢玩宝藏，也喜欢拥抱。

“海盗喜欢抱小宝宝，”玛吉解释说，“如果你一整天都忙着在大海上吓唬别人，那么没有比在晚上给小宝宝唱甜美的摇篮曲更舒服的事了。”

杰克看着扎拉，我看到他的表情变得温和起来。他走到婴儿车旁，给了扎拉一个拥抱，可我们的小表妹打起了坏主意。

啪！扎拉猛地抓住了杰克的头发，使劲扯着。

“可恶的小短腿！”杰克疼得大喊起来。

噢，这样说可不好，很没有礼貌，妈妈听到会不高兴的。

但玛吉仍然在写她的海盗规矩。

规矩3. 不准说粗话，除非我们是在海上和别人作战，或者鹦鹉在你的肩膀上拉便便了。

她冲我眨眨眼，“我的小心肝，大家都上船了吗？”

我们点点头。我看得出来，杰克觉得自己现在已经在大海上了，正在参加一场危险的战斗呢。如果他守规矩的话，玛吉就不会在表格上给他加分了。

“那么你们就应该有专门的海盗名字！”

规矩4. 所有船员都得有海盗名字。

杰克朝扎拉吐舌头，“她就应该叫小胖腿船长！”

扎拉似乎**不**喜欢这个名字，她看上去有点儿不高兴。

“或者叫黑胡子？”玛吉提议，她想逗宝宝开心。

但没有用，扎拉的脸红得像个熟透了的番茄。

“紫色蝴蝶结船长呢？”我问。

太晚了，扎拉开始大哭。

救护车警报器的声音响了起来。

玛吉举起阿奇的爪子，让小狗跳起傻傻的舞，想逗扎拉开心，可还是没有用。

这时，我记起了玛吉的海盗规矩——扎拉一定是想喝奶了！

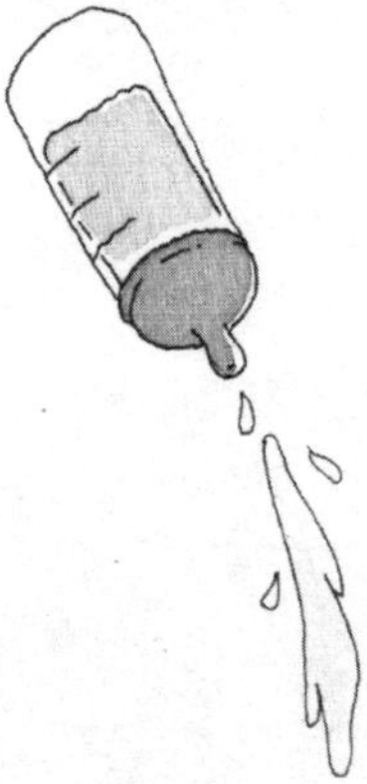

我从她的尿布包里找到了奶瓶。

一看到奶瓶，扎拉就不哭了。

玛吉松了口气，感激地拍了拍我的肩膀。

扎拉从我手中拿过奶瓶，然后……

嗖～

她把奶瓶**扔了**，咧开嘴得意地笑了。

我们赶紧低下头，奶瓶飞过花园，从开着的大门飞进屋里，最后在地板上滚了好几下才停住。

难道我们的表妹是超人宝宝吗？

杰克惊讶极了。上一次我不小心碰到了我们自己做的火山开关，里面的岩浆喷到了爸爸的文件上，当时杰克脸上也露出了这种表情。

“海盗宝宝喜欢扔东西，”玛吉说，“作为海盗保姆，我的任务之一就是把他们扔在船上的宝藏捡起来放好！另外，我还要确保宝宝们只能玩不锋利的短剑。短剑是真正的剑，很危险的。”

“**哇啊–哦！**”扎拉又哭起来。她从婴儿车里爬出来，爬进屋里，往沙发下面爬去，她的奶瓶滚到那里去了。

杰克很担心，“爸爸说沙发太重了，没人搬得动，所以他没办法拿出我的银哨子。”

我敢打赌，沙发是可以搬动的。我知道爸爸是因为受够了杰克整天吹哨子，所以才不帮他把哨子从沙发下拿出来的。

我们把头伸到沙发下。杰克拿着他的网球拍，仍然够不到奶瓶。我拼命吹气，就像童话《三只小猪》里的大灰狼那样，可我的肺活量不够大。

玛吉把扎拉放在爸爸的椅子上，然后拉起她的裙子，露出两条像牙签一样细的腿。

“这可难不倒我！”她的态度很坚决。她把一把长柄雨伞的一头伸到沙发下面，把奶瓶钩了出来。

我们和海盗保姆击掌庆祝，然后回头看扎拉。

天呐，扎拉不见了！

她刚刚不是还在爸爸的椅子上吗？

“海盗宝宝还喜欢玩捉迷藏游戏，”玛吉和我们说，“有一次，我在一堆炮弹中找到了15个宝宝。”

如果我们找不到小表妹，萨莉阿姨和妈妈会不高兴的。

我们翻遍了整个客厅……没有找到扎拉。

我们检查了爸爸的办公室……没有找到扎拉。

我们搜了厨房，还看了窗帘后面……没有找到扎拉。

我开始慌了，等等，地毯上怎么会有这么多水渍？有一条很长的水渍从房间里延伸出去，和我们的宠物蜗牛比尔和鲍勃爬过留下的痕迹很像，只不过这条水渍要大得多。

“她肯定刚好在长牙呢，”玛吉解释说，“宝宝在长牙的时候，会流很多口水。”

呃……

“我们就跟着口水走吧！”杰克招呼道。

于是，我们跟着一摊又一摊的口水印，穿过走廊，最大的一摊口水印就在衣橱外面。

玛吉双手叉腰，“口水到这里就没有了。”

嘿，我们找到她了！

“**逮到你啦！**”杰克打开衣橱的门。原来扎拉就躲在一堆衣服里面，正抱着我的长筒雨靴呢。

我拿起奶瓶，冲她晃了晃，她饿了吗？

扎拉调皮地咧嘴一笑，又飞快地逃到了走廊里。杰克朝她扑去，但扎拉从他的两条腿中间钻了过去，这个海盗宝宝可比偷坚果的松鼠快多了。玛吉弯腰想抱住她，但淘气的扎拉张开嘴巴，咬住了玛吉伸出的手指。

“**啊！**这下我再也不能弹竖琴了！”玛吉疼得直喘气。

我们的小表妹一扭一扭地爬过客厅，咯咯笑个不停，我们三个看得目瞪口呆。她那紫色的蝴蝶结飘起来，像一个小小的披肩。

啪，她把所有的杂志从咖啡桌上拉了下来。

砰，她把电视遥控器扔到了房间的另一头。

呲，她把爸爸的报纸撕成了两半。

“快抓住这个海盗！”杰克下了命令。他跳到沙发上，挥动着手里的网球拍，像是拿了一把宝剑。

“快给我一个创口贴！”玛吉呻吟着，伸出那根被咬的手指。

扎拉开始爬楼梯了，她的动作快极了。我想抓住她的腿，但她扭动着，躲开了。她溜过栏杆，爬进我们的卧室。当我赶到门口时，已经累得上气不接下气了。

“别动我的……”

没等我把话说完，灾难就发生了。我用磁力片搭的城堡被摔破了，这可是我花了**好几个小时**才搭好的，里面还放了公主小玩偶！我气极了，真想大喊大叫。

扎拉回头看着我，得意地笑着。

“嘿，我的小宝贝！”玛吉一把把扎拉搂在怀里。

杰克也走进房间，惊讶地摇着头。

“这个海盗宝宝太坏了，速度还这么快。”他拿起城堡碎片说。不过杰克并没有说粗话。

我觉得一点儿都不好玩。扎拉毁了这一天，本来就我们和玛吉三个人多好啊。但现在，她把屋里弄得乱七八糟，我

还得收拾干净。杰克讨厌打扫卫生，他总是能找出各种各样的借口来逃避干活。有一次，他说自己电视看多了，所以“眼睛暂时看不到东西了”。

我抱着胳膊，噔噔噔地跺脚下楼了。

“我要去车道快走。”我生气地说。

“杰米玛，等一下。你能帮忙喂一下宝宝吗？年轻的海盗最适合给宝宝喂奶了。”玛吉在身后大喊。

扎拉扭头看着我，大眼睛里带着恳求的目光。

我接过小表妹，闷闷不乐地坐到沙发上。

她舒服地躺在我的臂弯里，喝奶的时候眼睛一直盯着我。我开了一罐苹果酱，万一扎拉喝完奶之后想喝点其他东西呢。

我抚摸着扎拉的头发，真软啊。此时此刻的她是那么的安静，不吵也不闹，我已经不生气了。

就在我开始想些开心的事时，扎拉把整罐苹果酱扣到了我的头上！

苹果酱从我的头发上流下来，顺着我的眉毛往下滴。我伸出舌头尝了尝，这是专门给小宝宝吃的食物。

“太好吃了！”

我一边说，一边努力舔自己的脸，就像小猫一样。

我把扎拉交回给玛吉，起身去把脸擦干净。好在扎拉揉着眼睛，开始打哈欠了，看来她得睡觉了。于是我和杰克拿来毯子，拉上窗帘。接着，我们去厨房拿了点心，把滑板车拿到外面。这样一来，我们就不会吵到玛吉和扎拉了。

我和杰克比了六次（我赢了两次），一人吃了一块奶酪三明治。然后，我们觉得有点儿无聊，便悄悄地溜回屋里。

哦不！

蜷缩在婴儿车里，吸着奶嘴，呼呼大睡的竟然是玛吉！

盘腿坐在沙发上，非常清醒的是小宝宝扎拉。

我真是不敢相信，我们的保姆已经是个大人了，她却在婴儿车里睡着了。个头和小孩一样高是一回事，偷睡在小孩的床上就是另一回事了！

“快醒醒！”杰克掰开玛吉的一只眼睛。

玛吉的胸膛一起一伏的，还发出了鼾声。

我把奶嘴从她嘴里拔出来，玛吉稍微动了一下，可还是没有醒过来。

啪！

我忍不住笑了，杰克更是笑到趴在地板上。不过只有当扎拉开始兴奋地尖叫时，玛吉才睁开了眼睛。

“我能再睡三个小时吗？”她打着哈欠问。

“不行。”我笑着回答。

“这个长着轮子的小床实在是太舒服了，我一定要给韦斯利买一张，肯定能治好它的失眠症。”玛吉伸了个懒腰，想从婴儿车里出来，可她的屁股卡住了。

我们哈哈大笑，笑得连肚子都疼了。

“注意了，海盗们！准备好，我们要去擦甲板了。我们得按照海盗规矩来做事。**嗨哟嗨！**”

玛吉的声音听起来很严肃，可我们没有太当真，因为她正蹲下来，拼命扭动屁股，想摆脱婴儿车，那样子滑稽极了。

我和杰克一起敬礼，“遵命，睡不醒的玛吉船长！”

就连阿奇也跑过来，和我们站成一排，它向我们的船长海盗保姆玛吉伸出了爪子。

扎拉看着我们，脸上露出灿烂的笑容，手舞足蹈的，这可是今天第一次哦。

终于，玛吉从婴儿车里出来了，她给我们

起了海盗名字。我们把名字写在名牌上，然后贴在衣服上。

杰克叫**凶狠的杰基庞特**。

玛吉叫**海盗保姆玛吉**（也叫**睡不醒的玛吉**）。

阿奇叫**咸海狗狗**，它看上去很惊讶。

扎拉的口水流到了她的名牌上，她叫**没胡子船长**。

我的海盗名字是**独脚水手杰米玛**!

玛吉制定的下一条海盗规矩是：

规矩5.所有船员必须打扮成海盗的样子。

我们赶紧打扮起来，这下我又觉得好玩了。我们找出了棉球，涂上颜色，粘在下巴上，这样每个人都有了吓人的大胡子（我的胡子是红色的，和我的头发颜色一样。我看上去有点像爸爸以前拍的一张照片，那个时候他还很年轻，留着蓬松的红胡子）。因为我画画还不错，所以我负责在黑色的卡纸上画出宝剑和眼罩的轮廓，玛吉负责剪下来。我们还从妈妈的针线包里拿了些旧纽扣，做成海盗的珍宝。

阿奇戴上胡子和帽子后，看上去很勇敢，但它不肯穿我给它剪好的小黑靴。

扎拉的装扮最吓人，因为玛吉用塑料衣架做了个钩子，把它塞进宝宝的连体衣里，扎拉不停地朝我们挥动她那带钩子的手！

就在这时，我们听到一阵巨大的响声，接着就闻到了臭味。

这臭味好像是从扎拉那里传出来的。

哎呀！

这气味比西兰花和臭袜子的味道还要难闻。

扎拉用带钩子的小手指着她的尿布。

“没胡子船长拉便便了。”杰克抱怨说。

玛吉很犯愁，“真希望有皇家保姆来帮我们，我从来没换过尿布！”

“谁在海上换过尿布？”我问。

杰克紧紧捏住鼻子。

“这属于棕色警报，本来是由便便巡逻官皮特负责的，他会用眼罩捂住鼻子。”玛吉解释说。

我经常给我的娃娃换尿布，而且我向妈妈保证过，今天会帮玛吉。我看了一眼杰克，知道他和我想的一样。我们都很喜欢玛吉这个保姆，虽然有时候是我们反过来照顾她。

“别担心，船长，包在我们身上。”我拍了拍她的肩膀，安慰说。

“**呼！**好好干，我的宝贝们。”海盗保姆玛吉优雅地向我们敬了个礼。她走到房间的另一头，撑开雨伞，躲在后面。阿奇的尾巴垂下来，夹在两条腿中间。

“**咦~呃！**”当我帮扎拉脱掉脏尿布时，杰克大叫起来。

“自从我养的大猩猩埃德温娜因为吃了太多奶酪菜花拉肚子后，我还没闻过这么臭的便便呢。”玛吉躲在雨伞后面说。

我和杰克真是一对好搭档！他朝扎拉做鬼脸，让她保持安静（因为实在是太臭啦），而我负责帮她换尿布。扎拉肯定觉得我们很逗——两个看似凶恶的海盗正在给她换尿布！

终于换好了，扎拉用小钩手指着我和杰克，嘴里叫喊着：**“呀呀呀！”**

“这表示她喜欢我们。”杰克说。

我希望这表示她以后不会再咬我们了，也不会老是把东西扔到我们头上了。

我们去洗了手，擦干净。我记起来，扎拉刚才就开始犯困了，“海盗规矩中有关于宝宝睡觉的规矩吗？”

玛吉笑了，“当然有啦，我刚才忘记写了！”

规矩6. 所有的海盗都得睡在甲板上，在海浪的晃动下，他们很快就能睡着。

“我们要搭一艘船，让扎拉睡觉，”玛吉宣布，“这能治好她的失眠症。”

我们又忙碌起来。我们准备搭一艘真正的海盗船，就像杰克的乐高海盗船那样。扎拉正开心地和阿奇玩扔球游戏，她扔球的技术挺不错的！

“我去拿船帆。”玛吉跑进屋里，漂亮的长发披散开来。

“我们来做船舱吧。”我喊杰克。我们把一张旧的木桌拉到橡树下，把桌子翻过来，然后在上面放了一个纸箱。接着，我们切出几个窗口，还用爸爸的扳手和跳绳做了一个船锚。

“快看呐！”凶狠的杰基庞特叫起来，只见他拿来一把耙子，靠在桌子旁，然后在上面升起了玛吉拿来的“船帆”。“船帆”看上去

有点眼熟，像是爸爸妈妈房间里的床单。

“哟哟！”扎拉大声喊着，用手指着桅杆和船帆（我希望），这意味着她终于准备睡觉了。

“好啦——睡觉时间到啦，你这个小捣蛋鬼！”玛吉对她说。她把钩子从扎拉的连体衣里拿出来，轻轻地把她放进“船”里，我们已经在里面铺好了毯子。

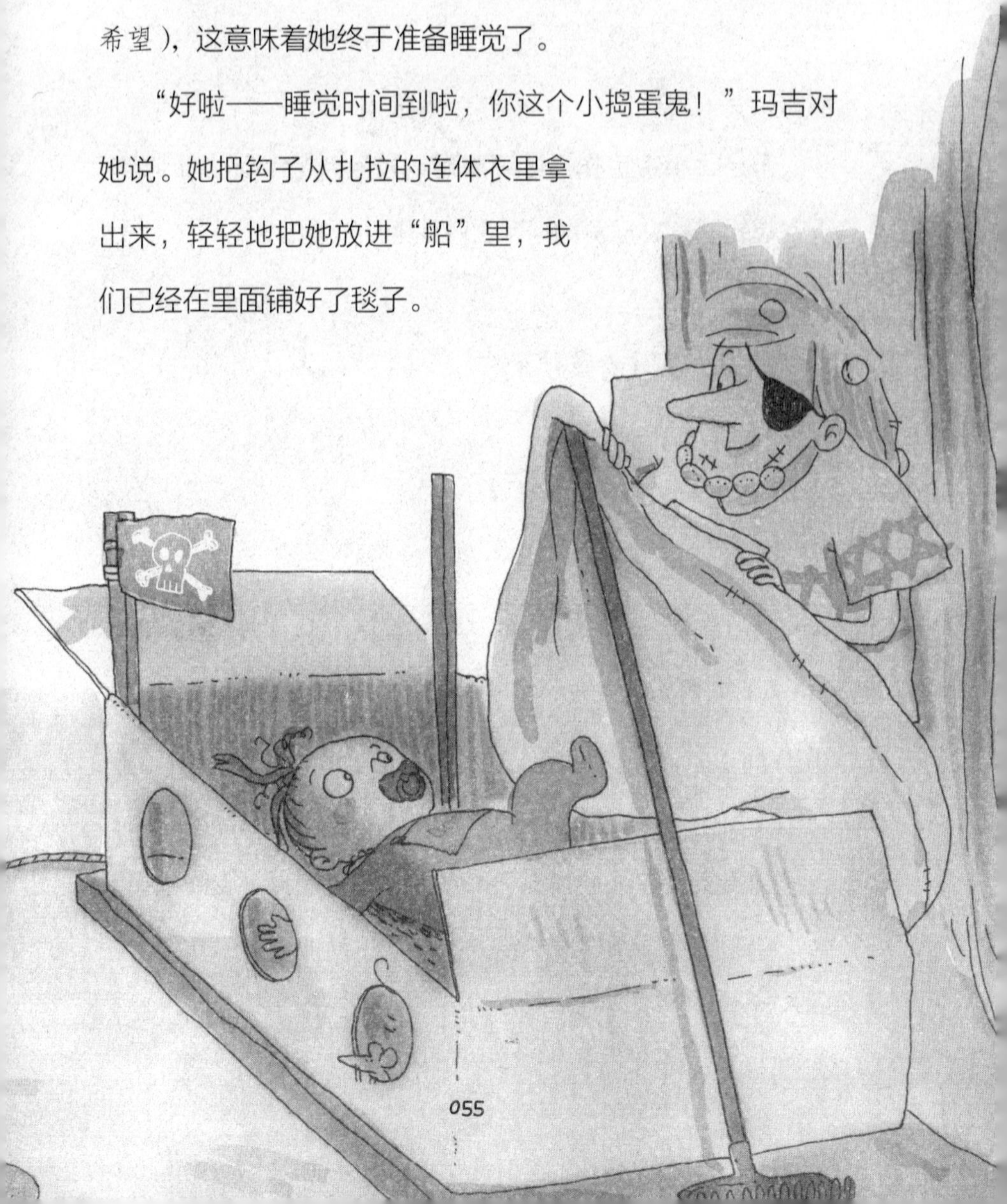

“我去给她拿点战利品！”杰克说完就跑进屋里。

等他回来的时候，手里拿着毛绒恐龙皮特。杰克把皮特塞给扎拉，这样她就可以抱着皮特睡觉了。我简直不敢相信!

于是，小宝宝扎拉心满意足地搂着皮特，闭上了眼睛。玛吉唱起了歌，声音颤抖着，就像猫叫一样。

我们喜欢航行在七大洋上，
唷嗬，唷嗬，
我过着海盗的生活，
这艘船是专门给小宝宝睡觉的，
唷嗬，唷嗬，
海盗的生活。

我和杰克踮起脚，悄悄地走回屋里。我开始画画，按照自己的想象，在纸上画出了不高兴的罗杰的样子。我画了他的手指和脚趾，画得很不错。杰克把乐高船拆了，重新搭了一个藏宝箱。

过了一会儿，我们都觉得有些无聊，就偷偷溜回到船那里。没胡子船长终于睡着了，可玛吉也不见了，她去哪儿了？

“玛吉？”我轻声喊着，绕到船后面找她。

但她没有回答。

杰克检查了花园，甚至去翻了扎拉的婴儿车。我们到处都找不到她——我们的保姆消失了！我忽然想起来，在扎拉从婴儿车里爬出来后，我们到处找她，后来还给自己做了海盗服，整个屋子已经被弄得乱七八糟了……

就在我发愁时，外面传来了汽车的声音。**糟了**——现在没时间找玛吉了，也没时间收拾屋子了！妈妈在纸条上列出的事情，我们一件都没有做，那是因为扎拉把那张纸条吃了！希望妈妈可以理解。

“喂，家长们回来了！”我用海盗的声音喊。

如果玛吉听到我的喊声，就会知道大人们回来了。

妈妈和萨莉阿姨笑着朝我们走来。突然，玛吉从船的另一边冒了出来，我刚刚还看过那里，明明没有人。她的海盗胡子不见了，漂亮的头发都塞进了帽子里。这下，我们的海盗保姆看上去和普通的保姆没什么两样。

“嗨，杰米玛，”妈妈给了我一个拥抱，“你留胡子的样子和爸爸有点像哦。”

宝宝扎拉在树下的海盗船里正睡得香，萨莉阿姨看着她，问：“我的心肝宝贝今天乖吗？”

“玛吉本来打算让没胡子船长擦甲板的，但等我们把船搭好后，她睡着了。在大海上，大家都觉得睡不够！”杰克告诉她们。

妈妈和萨莉阿姨笑出了声，觉得杰克傻呵呵的，可她们不知道杰克说的都是真的。

“扎拉抱的是你的恐龙吗？”妈妈惊讶地问。

杰克耸耸肩，仿佛这没什么大不了的，或许我弟弟开始喜欢小宝宝了。

我觉得我也是。萨莉阿姨轻轻地抱起扎拉，把她放回婴儿车里，我真希望能再抱抱她。

我叹了口气。大家都往屋里走去，这时我想起来房间还没打扫过呢。

我做好了道歉的准备，可当妈妈把门打开时，我发现整个屋子已经被打扫得**干干净净了**！

我惊呆了，嘴巴一张一合的，就像金鱼那样，却什么话都说不出来。这怎么可能呢？我看看玛吉——难道她会魔法吗？她是怎么做到在这么短的时间里收拾完整个屋子的？

玛吉拿起她的包，轻声地对我说：“和我的船员一样整齐干净。”说完，她往门口走去。

“孩子们听话吗？他们乖不乖？”妈妈问，一脸期待地看着我和杰克。

玛吉点点头，“他们遵守了海盗规矩！尤其是在遇到棕色警报时，”接着，她和我们告别，“再见，独脚水手杰米玛和凶狠的杰基庞特。记住，只能玩不锋利的短剑，不准说粗话。”玛吉冲杰克眨眨眼。

“棕色警报是什么？”等玛吉走后，妈妈问我们。

“没胡子船长拉便便了，是我和杰克帮她换的尿布！”我骄傲地说。

妈妈和萨莉阿姨相互看了一眼。

我们都看向我的小表妹。

“**啊啊啊！**”还在睡梦中的扎拉叫起来，就像真正的海盗梦见战斗那样。

我惊讶地看着杰克，他也盯着我，脸上露出不可思议的表情。或许每一个小宝宝的内心深处都住着一个真正的海盗。真的是这样吗？我想我们永远都不会知道了。

Marge and the Stolen Treasure

游泳池失窃的宝藏

天气很热，我（杰米玛·巴顿）和4岁的弟弟杰克在花园里打发无聊的时光。他躲在一个大纸箱里玩，但我看得出来，他已经有些厌倦了，而且早就玩得满头大汗。我在树荫下看书，实在是太热了，连一丝风都没有，树枝和树叶都一动不动，天上也没有云。虽然我是在树荫下看书，可依旧汗流浃背，感觉自己就像一只在沙滩上的北极熊。

叮咚～

我和杰克相互看了一眼。今天好像没有客人来啊，不是吗？

“你们的保姆玛吉来了，”妈妈一边说，一边向前门走去，“她会带你们去游泳池，和你们的表妹扎拉一起游泳。”

耶！虽然我还不会前滚翻，也不会打响指，但我游泳游得很不错。妈妈觉得我像海豚，因为我能在水下憋气很长时间。可如果我是海豚的话，身体不就应该是灰色的，还长鳍吗？杰克现在压根儿就不愿意把脸浸到水里，虽然他以前也玩过水下憋气。

我们争先恐后地跑进屋里。我激动极了，玛吉可不是普通的保姆。她在王宫里长大，养了很多奇妙的宠物，她一点都不像大人！

“玛吉！”我们高兴地大叫。她站在门口，个头和圣诞小精灵差不多。她把头发塞进游泳帽里，穿着粉红色的睡袍，脚上踩着一双金色的凉鞋。

“女士们，先生们，还有动物朋友们，”她优雅地开了口，惹得我们那只长着狮子鼻的宠物小狗阿奇也跑了过来，冲着她叫，“准备好和玛格丽·博雷加德·维多利亚·庞特伏瓦一起去游泳了吗？”

话音刚落，她抽出一把粉红色的扇子，对着脸扇起来。

“玛吉，太谢谢你了，能在这么短的时间里赶过来。”妈妈感激地说着，转身回到厨房去找什么东西。

“我的袋熊去参加有袋目动物奥运会了，骆驼卡米拉去做美容了，它很需要放松一下，”玛吉解释说，“所以今天下午我有空。”她把一个亮闪闪的钥匙圈放进了包里。

爸爸妈妈正在找车钥匙，他们要去超市，不一会儿，爸爸的脸涨红了。

“杰克，你又把钥匙藏起来了吗？”他生气地问。

弟弟假装没有听到。他最近很喜欢藏东西，昨天，他把我的蜡笔藏到暖气机后面。上个礼拜，我找不到我那双最漂亮的紫色袜子，**找了好久**，杰克才承认他把它们埋在花园里了。妈妈把袜子挖出来时，发现上面有一条小虫子，她气坏了。而我只好穿凉鞋，要知道那天还下着雨。

“杰克！”

终于，他承认把钥匙藏在了洗衣篮里。“我藏东西的本领是最棒的。”他悄悄地跟玛吉说。

“不，尚特尔公主藏东西的本领才是最好的。她把尤金国王的假牙藏了起来，谁都找不到，”玛吉也压低了声音说，

“那之后，国王只能吃果冻和蛋奶糊了。”

多好吃啊！换作是我，肯定不会介意的。

妈妈提醒玛吉纸条就贴在冰箱上，还叮嘱我们要乖乖的。我们和爸爸妈妈拥抱告别，我假装会很想念他们，但其实我不会，因为和玛吉在一起，我们总是能度过最快乐的时光。

门关上了，玛吉拿掉泳帽，露出她那漂亮的彩虹头发。她又脱掉了睡袍，原来她里面穿了一件圆点泳衣！

“我们去拿纸条，”玛吉发出召命，把腿踢得高高的，“快来吧！”

杰克假装跳入泳池，一直游到厨房。等他把纸条拿来后，我大声地念起来。玛吉在一旁给阿奇扇扇子，小狗热得直喘气。

1. 游泳前必须抹防晒霜，还得戴上帽子。

2. 午餐是三明治和胡萝卜。

3. 从家里出发，走10分钟就能到游泳池，洗衣篮里有干净的毛巾。

杰克讨厌胡萝卜，他一把抢过纸条，对折再对折，直到纸条变得只有弹珠那么大，然后把它塞进了火柴盒里，妈妈肯定会不高兴的。

玛吉一屁股坐进爸爸的椅子里，擦着额头上的汗水。

“实在是太热啦，我上一次碰到这么热的天气还是在阿拉伯沙漠里呢，当时我骑着我的黑马塞巴斯蒂安·塞拉纳多，”她想得出了神，叹口气说，“它是我的最爱……”

“你为什么去阿拉伯沙漠？”我问。

我最亲爱的塞巴斯蒂安

“我参加了皇家探险队。”

“什么是探险队？”

“探险家加入探险队后，会去没有人去过的地方进行考察，寻找新的动物。”

杰克兴奋地上蹿下跳，“我们能去游泳池探险吗？”

玛吉用力地点了点头，“杰米玛，你负责制订计划。”

我赶紧跑去拿来我的银色笔记本，还有带羽毛的圆珠笔。

“探险家需要带什么东西？”我拿起笔准备记录。

“我们需要……”玛吉开始说。

“地图？”杰克大声说。虽然我和杰克都知道去游泳池的路，但玛吉不知道。

玛吉点点头，我赶紧记在我的探险家笔记本上，“探险家还要在地图上标注出一路上发现的新地方和动物。”

杰克找来了一张很大的黄色硬纸板，我们在上面画出了家所在的街道威尔士路。玛吉在中间贴了一颗金色的五角星，写上**杰克和杰米玛的家**这几个字。我在旁边画了一间小屋，标为**露西、席奥和马修的家**。最后，杰克拿出胶水，在下面粘上绿色的亮片，写上**游泳池**三个字。

“好啦，下一步我们要开始做超级美味的探险家柠檬汁了，这可是玛吉特有的配方哦。”玛吉说着，咂了咂嘴。

她把蓝色瓷花瓶里的郁金香都倒了出来，我不知道这样会不会惹妈妈生气。然后，我们的保姆把冰块和水装进这个大花瓶里，她把它当成了一个水壶！

我们必须非常小心。有时候，杰克会不小心打碎东西。有一次，他偷拿爸爸专用的红色马克杯装花园里的泥土，

就把杯子打碎了。不过现在，我正忙着做柠檬汁呢，没空担心，实在是太好玩了。我们挤了很多柠檬汁，不一会儿就做好啦。

“我们来尝下味道吧！”玛吉把柠檬汁倒进玻璃杯里，我们举杯相碰。玛吉坚持我们应该互相挽起手臂，喝对方杯子里的柠檬汁，可我们缠在了一起！我的手臂不知怎么绕到了玛吉的后背，杰克的腿绕住了我的脖子，很快，我们三个人就抱成一团，像个大章鱼，柠檬汁洒得到处都是！

我从玛吉的杯子里不停地喝着，**味道好极了！**

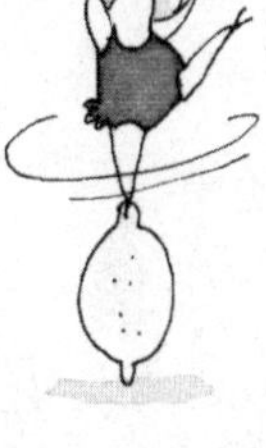

阿奇舔它的杯子，**咻溜！**

我们花了点时间为即将到来的探险做准备。先是我找不到自己的泳衣了，原来是杰克捣的鬼，他把我的泳衣套在了恐龙皮特身上，然后把皮特藏进了走廊的柜子里。接着，玛吉错把阿奇用的毯子当成了泳池毛巾，还把爸爸的剃须膏当成防晒霜放进了包里。

我把地图卷起来，把午餐放进杰克的背包里。杰克的脖子上挂着望远镜——我们用卫生纸的卷轴做了这个望远镜，这样当爸爸妈妈举办宴会时，我们就能用它来观察他们到底在干什么了（顺便说一下，原来宴会上并没有什么好玩的事，那**压根儿**就不算宴会。大人们只是坐在那里，除了聊天，就是吃东西）。

离开家时，我还带上了捕蝶网，我们出发啦！

玛吉把装了柠檬汁的大花瓶放进杰克的红色小推车里，想办法放稳了。杰克答应会沿着马路小心拉，但他不肯抹防晒霜。

“妈妈的纸条上写着呢，你一定要抹！”我告诉他。

好吧，我弟弟定了两条规矩（除了不进沙坑，不允许别人碰他的恐龙外）：

1. 他坚决不吃面包皮，连比萨的饼皮也不吃。

2. 他不抹防晒霜。

杰克用力地摇头，似乎下定了决心：“**不抹防晒霜。绝不。**”

这下我生气了，我真的很想快点去游泳，现在就只剩下抹防晒霜了。虽然我不想哭，可我的眼睛开始发痒。

玛吉看到我的表情，想了一会儿。

“所有的探险家都得保护好自己，不能让自己受到野生动物的伤害。防晒霜能吓跑老虎和狮子，你知道吗？”

杰克看起来很吃惊。

玛吉继续说：“跳蛛也对防晒霜过敏。”

杰克的眼睛瞪得更大了。

“而且抹了防晒霜后，姑娘们就不会爱上你了！”

“我要抹防晒霜！”杰克大叫起来，往脸上和手臂上倒了很多防晒霜。

我们终于上路了。我走在前面，边看地图边指路。杰克跟在我后面，拉着他的那辆红色小推车，大花瓶在上面摇摇晃晃的。阿奇一路小跑，跟着我们，它的小爪子飞快地移动，就像一个小芭蕾舞演员。玛吉走在最后，她拿着望远镜东张西望，寻找斑马和奇特的植物，一边走，还一边高声唱歌：

探险家从四面八方来，

有人走路，有人乘车。

今天我们要去游泳池探险，

我们要勇敢，要冷静！

在路上，我们发现有很多蚂蚁排成一队，弯弯曲曲地沿着人行道爬进高高的草丛里。我们蹲下来，用望远镜观察。只见蚂蚁们爬过草叶，爬上一座小山。我们在那里找到一个洞，通向蚂蚁居住的地下世界！

我往洞里瞧了瞧，真希望能变成蚂蚁那么小，这样我就可以去洞里面看看了，只要一天就好。

“探险家应该把发现记录下来。”玛吉告诉我们。

于是杰克在地图上画了一幅画，我在旁边写下了**“蚂蚁城”**三个字。然后我拿出探险家笔记本，在上面画了一只戴礼帽的蚂蚁！

天气太热了，太阳高高地挂在天上。路面高低不平，我们只能以很慢的速度拉着红色小推车。到了席奥家门口时，我们实在是累坏了，就坐下来休息。席奥是杰克最好的朋友，我和席奥的姐姐露西也是好朋友，不过她去露营了，不在家。席奥和弟弟马修跑出来和我们

打招呼。

“你们要去哪里？”看到我们全副武装，还拉着小推车，他们好奇地问。

“我们要去游泳池探险！”杰克认真地解释。

席奥往花瓶里瞅了一眼，“这是柠檬汁吗？”

玛吉给我们每人倒了一杯，“探险家在探险的时候总是和别人分享自己带的东西。我去泰国的时候碰到一只名叫奥斯卡的猩猩，它的毛全都打了结，实在太脏了。我把自己最后一点洗发香波给它用了，我们洗了好久，才把所有的结梳开。”

玛吉说这话时一脸认真，我和马修忍不住笑出了声。

喝完柠檬汁，我们该重新上路了。我们跟朋友挥手告别，约好晚些时候在游泳池一起玩。

小推车变轻了，拉起来更轻松了。但后来，阿奇热得走不动了，就跳到了推车上，我们只能拉着它走。阿奇蜷缩在凉凉的花瓶旁，打起了瞌睡。

我们沿着路慢慢地走着。玛吉把手放在嘴边，学鸟叫，不过老实说，她发出的声音更像是一只生气的鸡在尖叫。

“王宫里有一位专门的鸟语者，叫奥古斯塔斯，他可以和所有长羽毛的朋友交谈。有一次，他救了24只画眉鸟，它们差点被做进馅饼里烤熟了。我从他那里学了很多种鸟叫。”说完，她开始大声地嘎嘎叫，就像鸭子那样，然后又学火鸡咯咯叫。

杰克扑哧一声笑出声来。停在路两旁树上的鸟儿似乎很好奇，围着我们打转，叽叽喳喳地叫着，我以前从没见过鸟儿这样。我仔细地观察着，准备等会儿记在探险家笔记本上。可杰克开始像狼一样嗥叫，把鸟儿都吓跑了！

“说不定是防晒霜把它们吓跑了。”他耸耸肩。

我发现我们身后的橡树上有一个用树枝搭起来的鸟巢，杰克和玛吉都没有注意到。我看到一张黄黄的小嘴从鸟巢里冒出来，原来是一只鸟宝宝。

“快看！”

他们顺着我手指的方向看过去，也看到了小鸟，玛吉对着它发出一阵咯咯的声音。

“玛吉，你在干什么？”我屏住呼吸问。

“我在祈祷小鸟很快能学会飞。如果奥古斯塔斯在这里，他也会这么做的。”

我在地图上找到发现鸟巢的地方，然后画了一颗小小的爱心。我真是太幸运了，能够看到一只鸟宝宝！这下我觉得自己是一个真正的探险家了。

我们沿着小路走到大路上，很快就到游泳池了！前面有个十字路口，玛吉让我们手拉手，先停下来，往左右两边看一下。

“有些车速度很快，防晒霜也没办法保护我们。”她认真地说。

我们拐了个弯，来到了游泳池入口，听到里面传来尖叫声和笑声。游泳池的形状很像字母“L”，旁边有一家冰激凌店，还有几棵长得很茂盛的树，人们可以坐在树下乘凉。深水池有一块跳板，救生员史蒂夫就坐在跳板旁边。他又矮又胖，像个甜甜圈。杰克叫他“大嗓门史蒂夫”，因为他总喜欢大喊大叫，而不是吹哨子。几个礼拜前，席奥在游泳池里吃冰激凌，史蒂夫就没有吹哨子。那天，他的嗓门实在太大了，我在水下也能听到他的声音。

我们把小推车停好，在大树下铺开毯子，换上泳衣。不一会儿，我们听到了一个熟悉的声音……

“咕-嘎！”

我连忙转头，只见我们的小表妹扎拉（最最淘气的宝宝）正朝我们跑来。她穿着游泳尿布，手臂上戴着充气臂圈，身上套了一个蓝色救生圈，小脚上穿了脚蹼。萨莉阿姨看上去累坏了，她戴着太阳帽，气喘吁吁地跟在扎拉后面。

扎拉刚刚学会走路，所以每当她踩到别人的脚趾时，大家都觉得那是“意外”，但我和杰克知道她其实是故意的。

“你们终于来了！我要去换下泳衣，你们能带我的小天使去游泳吗？”阿姨问。

她说错了，扎拉可不是天使，她是个海盗宝宝，最喜欢恶作剧。

“当然可以。”玛吉回答。

“我过5分钟就回来！”

我们坐在游泳池边，把脚伸进凉凉的水里，不停地摆动。天气这么热，玩水的感觉太棒了。突然，我觉得背后有一双小手。

扎拉把我推进了游泳池！我的鼻子里进水了……

杰克也掉进了游泳池，就在我旁边。

玛吉手脚张开，掉在了我们身上！

扎拉调皮地笑了，我们从水里冒出头，全身都湿透了。

玛吉游到边上，捏了下扎拉的充气臂圈，“探险家应该随时做好面对惊喜的准备。”

玛吉把扎拉也拉进了游泳池！我们的小表妹浮在水面上，哈哈大笑，还往我们身上泼水。

扎拉觉得这个游戏很好玩，她喜欢一次又一次地被拉进游泳池里。每一次，她都用力地踢腿，想要溅起更多的水花。一开始是挺好玩的，但玩了20分钟后，我们就觉得没劲儿了。

“我是皇家花样游泳队的成员，你们知道吗？”玛吉说完就做了一个花哨的翻腾动作。她穿着那件圆点泳衣，看上去太逗了，就像一只长了斑点的海狮在表演杂技一样。过了一会儿，阿姨回来了，把扎拉带走了，我终于能去深水区游泳啦！

“扎拉，再见！”我们高兴地和她们挥手告别。

我往深水池游过去，看到艾米丽和莎拉正从跳板上往下跳，她们是我的朋友。真希望我也有她们那样的勇气，可我害怕，当着大家的面，要是我跳下来的时候肚子先碰到水，那就太难为情了。

玛吉提议玩“探险家寻宝”的游戏，就是在游泳池底寻找硬币或者其他人不小心掉下的东西。但杰克害怕极了，他讨厌把脸弄湿。

“真正的探险家得到水下去。”我跟他解释。

“探险家经常要做一些他们不喜欢做的事，”玛吉同意我的说法，“这

1

样他们才会变得更勇敢。”

突然，玛吉想到了一个好主意，她跑去从包里拿了一副样子很古怪的护目镜，它看起来已经很旧了。

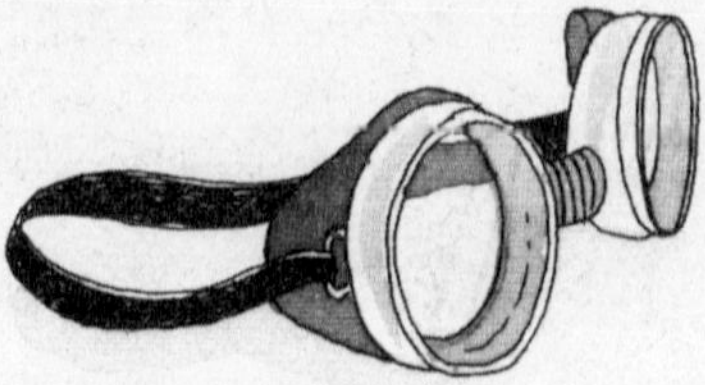

“这是我的飞行护目镜，”玛吉抚摸着这副护目镜，陷入了回忆中，“当我驾驶着我的双发喷气式飞机‘飞行员玛吉4号’飞越大西洋时，就戴着这副护目镜，这样虫子就不会飞到我的睫毛上了。所有的飞行员都要戴护目镜，有时候探险家也需要戴护目镜。”

我和杰克都大吃一惊，玛吉肯定是这个世界上最了不起的探险家！

我帮杰克戴上护目镜，真是不敢相信，他居然钻到水下，游了起来！

我为他感到骄傲，迫不及待想把这件事告诉爸爸妈妈。

当着玛吉的面，我试着做了几个花样游泳的动作，但没有海狮那么灵巧，看上去更像是一只不停扭动的乌贼，而杰克戴着护目镜找鱼。过了一会儿，我们开始在游泳池底寻找宝藏。

我和杰克找到了两枚硬币，一个珍珠耳环，一个带橘色塑料花的发夹。我们浮出水面，把这些漂亮的小东西带到游泳池旁堆起来，准备晚些时候带回家。

等我再一次浮出水面换气时，看到艾米丽从跳板上跳下来，完成了一个漂亮的燕式跳水。真希望我也能做到，就算做不了燕式跳水，普通的跳水动作也行，我在游泳池边上练习过好多次。

玛吉正看着我呢。

“你想去跳板上吗？”她问，但我摇了摇头。

“你怕什么？你是我见过的最勇敢的探险家！”

“大家都会看我的，”我结结巴巴地说，“我不知道自己能不能做好。”

玛吉眼睛一亮，朝我游过来，“我有个计划。”

玛吉打算“声东击西”，就是她在游泳池一头发出很大的响声，吸引大家的注意，而我就在这个时候尝试从跳板上跳水——没有人会注意到我。一想到我们马上要开始执行这个计划，我的心就怦怦直跳。

席奥和马修也到了，杰克很开心。马修拿着我们的捕蝶网，他试着在游泳池里打捞起更多的宝贝。

我和玛吉商量好了一个特别的信号，只要我碰两下鼻子，她就开始吸引大家的注意力。我顺着发烫的瓷砖向宽大的银色跳板走去，掌心都出汗了。

我从艾米丽和莎拉身边走过，开始爬台阶。我紧张极了，就像拼字比赛开始前那样。跳板不是很高，游泳池里的水很蓝，非常诱人，但这时，每个人都盯着我看。我深深地吸了口气，看着玛吉，碰了两下鼻子，轮到她表演“声东击西”啦。

她朝我竖起了大拇指，紧接着发出了很响的呼噜声，就像猪叫那样。只见她一边大喊，一边飞快地冲向游泳池，玛吉跑到游泳池边，用力蜷缩起身体，跳了进去，就像一枚炮弹重重地砸进水里。她一会儿冒出头，一会儿又沉入水下，

拍起很大的水花，真希望扎拉能看到这一幕。

我咬紧牙关，下定决心，双手合十，下巴靠近胸口，轻巧地跳进水里。

水凉凉的，舒服极了，我自豪地把头伸出水面。真是不敢相信，但我真的完成了一次跳板跳水！我成功了。没有人留意到我，他们仍然沉浸在惊讶中，被玛吉这枚“俯冲炮弹”制造的波浪弄得不知所措。

救生员史蒂夫全身都湿透了，他的脸原本是粉红色的，现在已经涨得通红。

史蒂夫吹起了他的哨子，这可是有史以来头一回。他肯定是气坏了，脸色发青，鼓着腮帮子，很像一只巨大的仓鼠。

史蒂夫用手指着玛吉，大喊：“**小孩，快点从游泳池里出来！**”

玛吉看了我一眼，骄傲地碰了下她的鼻子，然后爬出游泳池。她的屁股把泳衣夹住了，所有人都被逗得哈哈大笑。玛吉朝救生员史蒂夫走过去，她做好了挨训的准备。我看到杰克也爬出了游泳池，他决定去帮助玛吉。他肯定会告诉史蒂夫，玛吉其实不是小孩，而是我们的皇家保姆，只是个头比较小而已。

我为自己的勇敢感到惊讶。我赶紧爬上跳板，准备再跳一次。这一次，我伸直手肘，努力让身体呈现出流线型。我已经不介意别人的目光了，我又完成了一次燕式跳水。

嗖！

剩下的时间我都在跳水，尝试了不同的姿势。我可以像铅笔那样，直挺挺地跳进水里，也可以像海星那样，四肢张开跳进水里，还能学鸭子那样潜入水里。玛吉在旁边看着，每次我跳完，她都会给我打分，当然，每次都是满分10分。

午餐时间到了。“先吃冰激凌！”玛吉喊起来，拿出了她的钱包，“冰激凌能开胃。”

我笑了，妈妈的说法和玛吉完全相反，她总是说我们得先吃午餐，然后再吃甜点——不过现在玛吉说了算！

我选了草莓冰棒，杰克和玛吉要了薄荷巧克力味的甜筒冰激凌，阿奇得到了一碗水。我们回到树下，一屁股坐在了毯子上。阿姨和小扎拉也在旁边，萨莉阿姨告诉我们，扎拉还太小，不能吃冰激凌，这让小宝宝很不开心。

“**嘎嘎。**”她气呼呼地指着我的冰棒。

“不，我亲爱的小心肝，你不能吃那个，吃这个吧！”阿姨哄着扎拉说。她舀了一勺苹果酱，可扎拉就是不肯张开嘴巴。

突然，扎拉碰翻了勺子，每个人身上都溅上了苹果酱，这让萨莉阿姨有些恼火。扎拉从她妈妈的臂弯里溜出来，朝杰克爬去，两条小腿非常灵活。她一把抓住杰克的冰激凌，趁大家还没回过神来，就溜了。逃跑的过程中，扎拉脱掉了游泳尿布，还把尿布扔了出去。

我开始追扎拉，杰克跟在我后面，玛吉跟在我们后面。我想萨莉阿姨应该还坐在毯子上，她还没有从震惊中回过神来呢。

“小孩，不准跑步！”史蒂夫大喊。

我们终于在靠近入口的地方堵住了小表妹，三个人都累得气喘吁吁，融化的冰激凌滴到了扎拉的手臂上，她的脸上露出了调皮的表情。

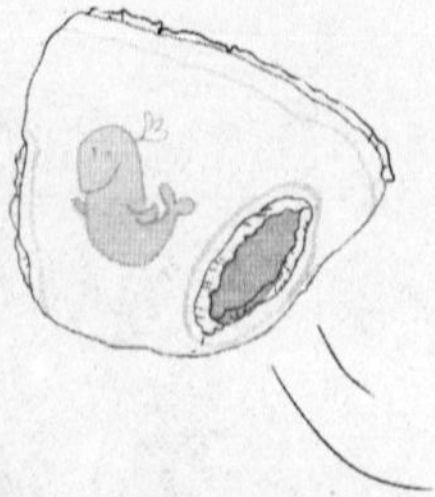

“不许动，海盗宝宝！”我严肃地说。

“把冰激凌还给我！”杰克恳求地说。

扎拉摇了摇头。

玛吉很冷静地对我们说：“探险家常常会见到不同的人，而且他们说不同的语言，所以我们得另外想办法和他们沟通。”

我看得出来，杰克很想通过摔跤的方式和扎拉沟通。于是我抢先一步，试着打手语（我在学校里学过手语），但扎拉不理我。

我们一个劲儿地做手势，不说话。杰克假装是扎拉，我假装是他，但扎拉压根儿就不感兴趣。

我想到了一个好主意，用玛吉的飞行护目镜交换冰激凌。

玛吉同意了，“海盗宝宝喜欢这些小玩意儿。”

扎拉终于交出了冰激凌，然后戴上了玛吉的护目镜。她看上去就像一只大眼青蛙，但至少她很高兴。我们都回到了铺毯子的地方，我已经筋疲力尽了。

“探险家常常要爬很高的树，这样他们就能躲开野兽的追捕，发现远处的敌人了。”玛吉悄悄地跟我们说。

“好主意，”杰克说，“扎拉绝对是一头野兽。”

不过首先，我和杰克得把我们找到的宝藏藏起来。我掀开毯子，在地上挖了个小洞。我们用三明治包装纸把硬币和其他小东西包起来，接着把这个珍贵的包裹埋进了洞里，重新盖上了毯子。

“X表示藏宝地。”玛吉说。我拿出地图，在埋宝藏的地方画了一个大大的X。

好在我们选择的这棵树树干很粗，有着长长的树枝，我们很轻松地就爬了上去。树叶就像迷你雨伞，帮我们遮挡住了阳光，树上很凉爽，不过也很暗。中间那根树枝很宽，我们可以并排坐在上面。这棵树实在是太棒了，爬起来一点儿都不费力。

玛吉在树枝上晃来晃去，她伸出手够到了午餐。

杰克不情愿地看着胡萝卜。玛吉提醒他，探险家不能挑食。杰克这才把饭吃干净，一点儿也不剩，妈妈知道后肯定会高兴的。

我藏在高高的树上，能清楚地看到救生员史蒂夫正从椅子上爬下来。

“有人偷了我的哨子，”他愤怒地大喊，“不管是谁拿的，

请把哨子还回来！”

我看到每个人的头都在动，大家都帮着寻找哨子，我好奇是不是杰克把哨子藏起来了。就在我打算问他的时候，我瞄到爸爸妈妈从入口走了进来。

哦耶！

终于又看到妈妈了，我这才意识到自己有多么想她，萨莉阿姨和扎拉也走过去和他们打招呼。

我们赶紧从树上爬下来，和阿奇一起跑去拥抱爸爸妈妈。

妈妈想亲杰克，却被他推开了。

“妈妈，我抹了防晒霜，所以今天你不可以爱我，”妈妈被逗笑了，“我现在还能在水下游泳！”杰克开始炫耀，“但我必须得戴玛吉的飞行护目镜。”

“海豚杰米玛，你游得开心吗？”妈妈给了我一个拥抱。

“你猜猜看？”我害羞地回答，“我去跳板上跳水了，从头到尾都是我自己完成的。”

爸爸妈妈开心地大声欢呼，爸爸揉了揉我的头发，“杰米玛，你真棒！”

“这两个孩子是真正勇敢的探险家。”玛吉补充说，一脸骄傲。她已经把彩虹色的头发塞进了泳帽里，眼前这个举止得体的玛吉和一个小时前学猪叫、跳进游泳池里的玛吉真的是同一个人吗？

爸爸妈妈觉得该回家了，所以我们得把东西收拾好，萨莉阿姨和扎拉会和我们一起走。

“我先带你们去看一下我们的宝藏。”杰克说。

“我们在游泳池底找到了这些宝贝，”我打开地图，把标有X的位置指给他们看，“我们就把宝藏埋在这里，没有告诉别人。”

我们一起回到树下，准备把宝藏挖出来。可当我们掀开毯子后，却发现洞里空空的，什么都没有，我们的宝藏不见了！我和杰克目瞪口呆地看着对方，有人拿走了我们的战利品。会是谁呢？没有人知道我们把宝藏埋在这里了啊。我看了看玛吉，她和我们一样很惊讶。

爸爸说没有时间找宝藏了，但他保证等下一次来游泳的时候，我们会发现更多的宝贝。

就这样，我们一起走着回家。我和杰克把在树上吃饭的经历告诉爸爸妈妈，我给玛吉看了我在探险家笔记本上画的画，她非常喜欢蚂蚁戴礼帽的那张画。没有人问我们为什么要拉一辆小推车，车上还放着一个大大的蓝色瓷花瓶！杰克没有失手打碎花瓶，可能已经让妈妈松了一大口气。

我们回到家里，也是时候和玛吉告别了。她给了我们一个大大的拥抱，就从手提包里翻出她那个亮闪闪的钥匙圈，

可那上面没有汽车钥匙！

“杰克，是你把玛吉的钥匙藏起来了吗？”爸爸皱起了眉头，但弟弟摇摇头。

我慢慢地想明白了——我知道是谁偷了玛吉的钥匙！我看了一眼杰克，我们俩都转向那个人，我们知道是她偷了宝藏——**海盗宝宝扎拉**。

扎拉咯咯笑着，把游泳尿布藏在身后。这时候，妈妈也开始怀疑扎拉了。

“我能看一下吗，宝贝儿？”

妈妈试着把尿布从扎拉手里拿过来，但宝宝不肯，紧张的“拔河比赛”开始了，最终妈妈赢了。

她打开尿布。

玛吉、妈妈、爸爸、萨莉阿姨、杰克和我都**惊讶地倒吸了一口气！**

我们**所有的**宝贝都在里面，包括那个带橘色塑料花的发夹、玛吉的钥匙和那副神奇的飞行护目镜，最后，我们还找到了救生员史蒂夫的哨子！

“你可以把宝宝带下海盗船，但没法阻止她寻找宝藏！”

玛吉摇摇头，轻声地笑了出来。

听了玛吉这话，大人们都有些糊涂，可我知道，玛吉说得没错。

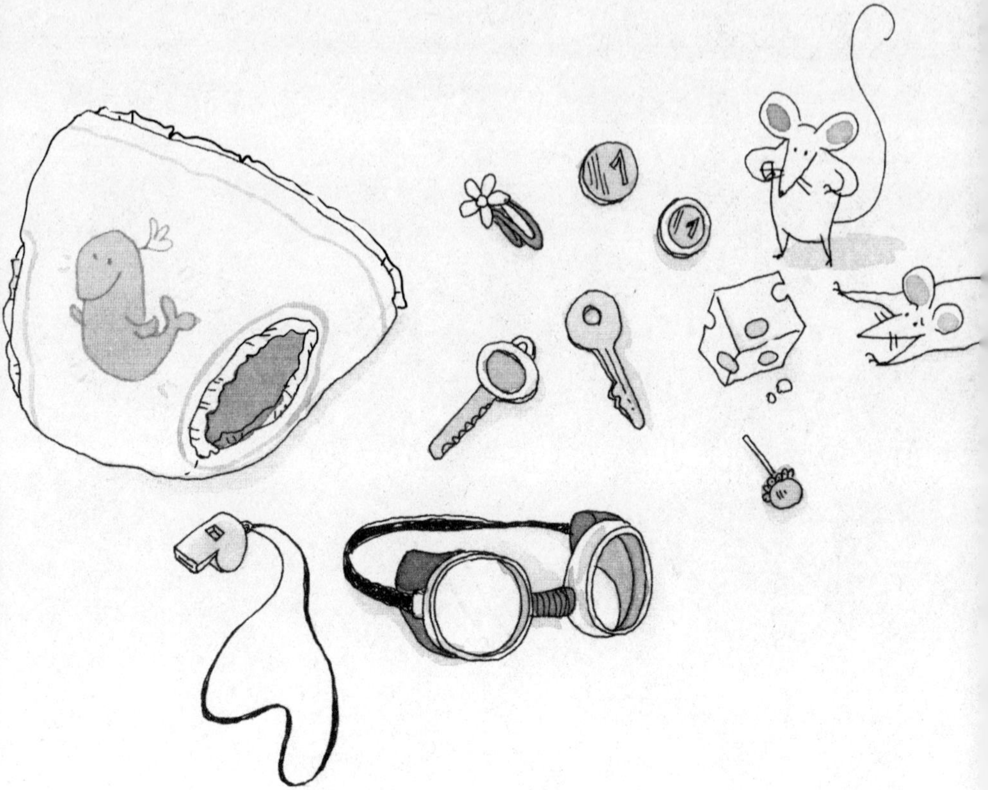

Marge and the Wacky Wedding

有惊无险的婚礼

真希望你们能看到我现在的样子。我是杰米玛·巴顿，这会儿穿上了一条很漂亮的黄色连衣裙。

喀哒喀哒～

我穿了一双低跟鞋，走路的时候，它就会发出清脆的声响。我的头上戴了一顶用真雏菊做成的花冠，猜猜看，这是为什么？因为今天我要当伴娘啦！我以前从来没有参加过婚礼，除了让我的芭比娃娃和杰克的恐龙结婚的那次外。

杰克（我那调皮的小弟弟）穿上了黄色西装，还系上了领带。“我看上去就像一只香蕉。”他气鼓鼓地说。

我们正坐在屋前的台阶上，等着保姆玛吉来。爸爸妈妈要帮忙，就让玛吉来照顾我们。

你是不是很好奇谁要结婚？我告诉你吧，是戴斯蒙德叔叔和他的未婚妻安妮。他们相爱了，我想下一步就是举办婚礼吧。杰克其实并不知道婚礼到底是怎么一回事，他说他很爱妈妈，长大后要和妈妈结婚，我敢肯定爸爸有话要说。

安妮的牙齿尖尖的，所以杰克给她起了个绰号，叫“短吻鳄安妮”。安妮曾经照顾过我们一次，当时杰克只有2岁，我5岁。弟弟太调皮了，他故意把安妮锁在卫生间里，还把钥匙藏在她的鞋子里！我喜欢安妮，不过那之后，她就再也没来照看过我们。我觉得这也不是件坏事，因为现在玛吉是我们的保姆，她是这个世界上最有意思的大人。

你知道吗？玛吉个头很小，只到爸爸的胳肢窝这里。有一天晚上，她还给我们煮了巧克力汤。

说到巧克力，婚礼结束后的宴会上有巧克力喷泉！到时候还会有乐队演奏，人人都能跳舞。我想和爸爸跳舞，他总是会让我站在他的脚上。爸爸妈妈同意我们今天可以晚睡，而且明天不用去上学。

我有一个小小的柳条篮，我跟你说过吗？篮子里装满了白色的玫瑰花瓣，闻起来香香的，像夏天的味道。

我们的任务是在宣誓仪式之后把花瓣撒到新郎新娘身上。我和杰克就利用等玛吉的这段时间，对着我们的宠物小狗阿奇开始练习。

“**去散步啦。**”我招呼阿奇，它朝我们跑过来。我们把手藏在背后，手里抓了很多花瓣。

“**就是现在！**”杰克喊道。我们把花瓣撒到阿奇头上。

它高兴地叫起来，飞快地跑开了。不过当我叫它的时候，它又会跑回来。没过多久，我们就不玩了，因为没有花瓣了。弟弟很喜欢撒花瓣，我希望他到时候不要太兴奋，把整个篮子都扔到安妮头上可不好。

妈妈一早上都在忙着准备婚礼，她戴上了大大的卷发夹，样子很滑稽，甚至还涂了脚指甲。

爸爸和戴斯蒙德叔叔以及伴郎们待在别的地方，婚礼之前，戴斯蒙德叔叔不可以见安妮，否则就是不吉利的。

我很早之前就眼巴巴地盼着今天，昨天晚上更是兴奋得睡不着。好不容易睡着了，我还做了个噩梦，梦见有一只蜘蛛爬到了我床上。我跑去叫醒妈妈，可她没有发现那只蜘蛛。她很生气，因为我把她吵醒了，不让她好好休息。

杰克噔噔噔地跑开了。他觉得系着领带很痒，准备去告诉妈妈，他不想系领带了。我打了个哈欠，再次往街上看去，没看到玛吉。

过了一会儿，我发现远处出现了一个模糊的红色身影。那是一辆踏板车，正飞快地驶来，上面坐了一个小小的人。

那一定、肯定是玛吉。

我跑进屋里找到杰克，他把领带扔进了厨房的垃圾桶里。

叮咚～

我们争着往门口跑去，我等不及想让玛吉看看我们漂亮的衣服了。

哇哦！ 玛吉今天也打扮得很漂亮得体——除了头上戴的那顶发光的紫色摩托车头盔外。她打开面罩。

“很抱歉，我迟到了，我在给我的大肚子猪娜塔莎画肖像，”她给了我们俩一个温暖的拥抱，玛吉身上有一股刚熄灭蜡烛的气味——肯定是踏板车的缘故，“你们都很漂亮，就像是要去参加皇家舞会一样。”

“戴上领带就像个傻瓜。” 杰克大声说。他是我们学校嗓门最大的学生，我在自己的教室里都能听到他的声音，要知道，我的教室在教学楼这一头，他的教室在另一头呢。

玛吉脱掉头盔，把它戴到杰克头上，“这下没有人知道是你啦。”她对他说。

那顶头盔几乎比杰克的身体还要大！

我们都盯着玛吉，她那彩虹色的长发固定成波浪形状，她看上去就像一只五颜六色的葵花鹦鹉。

“你好，玛吉。”妈妈走过来打了招呼，就朝杰克走去。她把他的领带从垃圾桶里“救”出来了，妈妈是首席女傧相，任务繁重。她似乎有些紧张，用力地帮杰克重新系上领带。

“纸条就贴在冰箱上，”妈妈终于转过来看我们的保姆了，“玛吉，你戴的彩虹帽可真特别啊！”

我和杰克相互看了一眼，我们都清楚玛吉没有戴帽子。

玛吉笑着行了个屈膝礼。“我给温克斯丁克公爵夫人当过伴娘，我是第29个伴娘，婚礼上我就戴着这顶帽子。”

妈妈大笑起来，她肯定觉得玛吉是在开玩笑，炫耀她和王室的关系，但我和杰克很清楚那是玛吉的头发。

“玛吉，真的太谢谢了。我们的运气真好，能有你这样理智而且值得信赖的保姆，尤其是今天。”

杰克看着我，转了下眼珠。

玛吉和理智可不沾边。有一次，她想用我家所有的家具搭一座高塔，是我劝她不要这么做的。等妈妈回到楼上后，玛吉告诉我们，她是乘坐金色热气球去参加温克斯丁克公爵夫人的婚礼的，但由于她早饭吃了烘豆，所以在气球上放了一个很响的屁，这股气流把热气球吹向了另一个方向，让她最后只能在西班牙紧急降落。

一个头脑理智的人会说出这种话吗？！

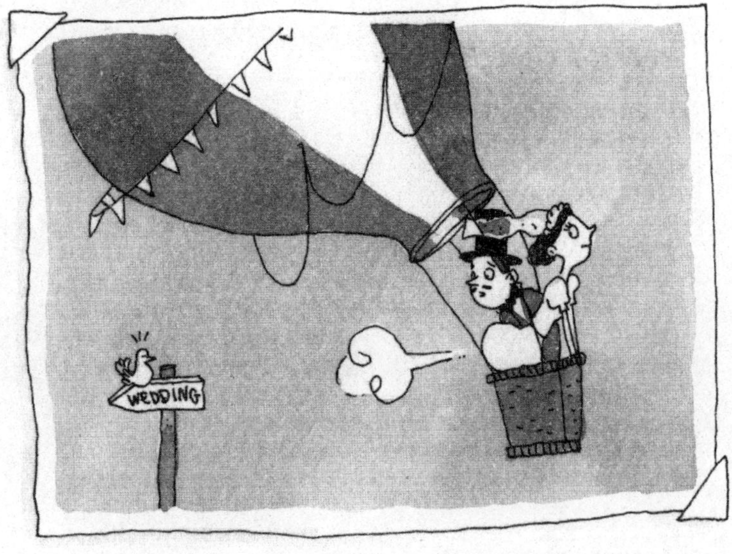

温克斯丁克公爵夫人的婚礼在另一个方向啊……

“让我们看下妈妈留下的纸条吧，”玛吉一边说一边拍手，“快来吧！”

我们假装骑上马，飞快地往厨房奔去。我的马比杰克的慢一点，所以杰克抢先一步拿到了纸条。

杰克已经开始学习阅读了，虽然他嘴上说“讨厌书本”，可昨天，他拿起一本故事书，读了整整4页。

“来吧，杰克，你读第一句，我读下面的。”我鼓励他。

弟弟把纸条扔在地板上，双臂交叉。“不！”显然，他今天不想读任何东西。

“你们在干什么？”玛吉问，她拿起纸条，钻进餐桌下面，“其实，只有在阅读洞里的人才能读纸条，来吧！”

我掀起桌布，看到玛吉蜷缩着身体，就像个圆球，脸上挂着滑稽的微笑。

“阅读洞里有熊吗？”杰克问。

“没有。熊喜欢吃书——而不是读书。快来，这里只能再坐两个人！”她拍拍旁边的空地。

我弟弟钻了进去，像小兔子那样跳到玛吉身旁。我跟在他后面爬进去，我觉得我们的保姆真是太聪明了。

我们把椅子移过来，挡住洞口，然后在玛吉身边坐下来。她看了一眼纸条，从包里拿出银色的钢笔。

“杰克，你能帮我一下吗？”

接着，我弟弟读了三行字。

1. 在婚礼仪式开始前，请把孩子们带到里屋（让他们保持安静）。

玛吉打开背包，里面有颜料、蜡笔、珠子和亮片，感觉她把整个美术用品柜都装进包里了。

“每个画家都需要工具，”她告诉我们，“今天，我们要把新郎新娘最美的样子画下来。”

接着，她在第一条规矩下面写下了几个字：一整天都可以画画。

我乐坏了！我喜欢画画，在学校里，我最喜欢上美术课了。我们继续往下读。

2. 杰米玛和杰克应该在新郎和新娘之前走上红毯。

这下轮到玛吉激动了，“到时候所有人的目光都会集中在你们身上，所以一定要微笑，咧开嘴，就像月亮那样，然后双手打开，手指张开。”

我们都笑了，继续往下读。

3. 杰米玛负责拿戒指，戒指就摆在戒枕上，当主婚人喊“戒童”的时候，杰米玛要把戒指拿给新郎新娘。

“在婚礼上，戒童的任务是最重要的，”我解释说，“戒指是用金子做的，绝对不能弄丢。”

杰克认真地点点头，玛吉也表示同意。我的责任如此重大，这让我深感自豪。

4. 不要让孩子靠近蛋糕或者巧克力喷泉。

玛吉气愤地在纸条上写了起来，现在那条规矩变成了**让孩子在巧克力喷泉中游泳。**

我们都大笑起来，玛吉做起了仰泳的姿势。然后，杰克朝卫生间的方向“游去”。

玛吉冲我眨眨眼，“我们继续读纸条吧。”

5. 等婚礼仪式结束后，请让孩子们把花瓣撒在新郎新娘身上，一定要轻轻的。

玛吉在旁边写了两句话，我读了出来：**要撒真正的玫瑰花，而不只是花瓣，那样更有气氛！**

“我不知道这是不是个好主意，”我说，“玫瑰花上的刺很尖。”玛吉露出失望的表情，把那两句话划掉了，我们继续往下看。

6. 在婚礼仪式上，请让杰克说话小声点。

这时，我们听到冲水声，很快杰克就出现在门口。

“你洗过手了吗？”我问。

“不洗。”杰克态度很坚决，他气呼呼地爬回我们身边。

我弟弟定了两条规矩：

1. 出门时，他一定要带上他那把塑料剑。

2. 他讨厌洗手，他说洗手“很无聊”，还说细菌是大人发明出来的，目的就是不让他好好玩。

突然，妈妈急冲冲地走了过来，“花束在哪儿？”她有些担心，“应该已经送到了啊。”她朝窗外看了看，“我们不能一直等下去，不然会迟到的。”

“不用担心，交给我们吧。”玛吉说。妈妈松了一口气，又跑回楼上去了。

“我的小画家们，准备好了吗？”玛吉问我们。

于是我、杰克和玛吉跑到花园里去摘野花，我们找到了

蓝色风铃草、水仙花、紫罗兰、罂粟花和薰衣草。妈妈把花分成好几束，我们用白色的丝带把花绑好。杰克把一些花连根拔出来了，不过妈妈很激动，没有留意到。

“我们走吧！”

我们全都钻进我家那辆蓝色的旧车里，妈妈发动引擎。我情不自禁地想象安妮穿上白色婚纱的样子，我有一本关于新娘的贴纸书，有些新娘会戴长长的用蕾丝做的面纱。我可不想戴面纱，因为我怕自己戴上面纱后像个幽灵。

妈妈一边开车，一边带我们唱歌。就这样，我们转了几个弯，经过公园、蔬菜水果店和蛋糕店，最后来到了市政厅，婚礼就在这里举行。

市政厅里布置得很漂亮，到处都是白玫瑰和百合花，妈妈说这是安妮最喜欢的花。整个大厅满是花香！天花板上有一盏美丽的吊灯，挂着很多三角形的玻璃，闪闪发亮。

我的手掌心开始出汗了。对我来说，今天可是非常重要的一天。我要在大家的注视下走上红毯，把戒指交给新郎和新娘，我希望自己不会犯错。

妈妈负责把客人带到他们的位置上。她用手指了指里屋的位置，婚礼开始前，我们可以躲在那里。为了这场婚礼，我们都精心打扮过了，所以在走上红毯之前，最好不要让别人看到我们的样子。

玛吉用力推开门，我们跑进去，东翻翻，西找找。

“这是我们的画室！”

里屋只有一张桌子，上面摆了一个很大的玻璃碗，盛满了薄荷糖。杰克抓了一把糖塞进篮子里，接着，玛吉把碗移开了。我把戒枕藏在窗台上，我觉得那里很安全。

汪汪～

我看了下杰克。我太熟悉这个叫声了，正开始寻找声音的来源时，玛吉的外套下面有东西在蠕动，阿奇突然跑了出来!

哦不! 婚礼可没有邀请狗狗。

玛吉看上去一点都不惊讶，“画家需要缪斯，它可以当你们的缪斯。”

阿奇开始舔我的脸，还开心地摇着尾巴。

“什么是缪斯? ”杰克问。

“缪斯能给画家带来灵感。阿奇，我们应该画什么呢? ”玛吉问我们的小狗。

我有没有告诉过你，我们的保姆能和动物说话。她曾经帮一只130岁的海龟和一只眼睛看不见的海豚成为好朋友，海龟骑到海豚背上，大声指路，“往左”或者“往右”。它们形影不离，在一起整整十年，直到有一天，海龟从海豚背上掉了下来。

阿奇叫了两声。

“没错！”玛吉对着阿奇点点头，然后解释说，小狗想让我们布置下安妮和戴斯蒙德叔叔的车，这样新郎新娘离开的时候就能吸引所有人的注意力了。我很惊讶，玛吉竟然能从小狗的两次叫声中听出这么多信息。

玛吉拿出画画用的工具，她说阿奇觉得我们应该画些横幅，用纸做一些爱心链子。

阿奇真是个了不起的缪斯。等我们完工后，那辆车会变成世界上最特别最漂亮的车，我迫不及待地想看到戴斯蒙德叔叔和安妮脸上的表情了。

过了一会儿，席奥和他的弟弟马修来了，萨莉阿姨和小宝宝扎拉也来了。

“扎拉安静不下来，所以她不能去参加宣誓仪式，你能帮我照看一下她吗？”萨莉阿姨一边问玛吉，一边轻轻拍着臂弯中的扎拉。

妈妈跟我说过，在宣誓仪式上，新郎和新娘会彼此承诺永远在一起。

扎拉头上戴着一个大大的粉红色蝴蝶结，看上去就像个天使。她想把蝴蝶结拿下来，但萨莉阿姨警告她：“不准动蝴蝶结，不可以。”接着，她轻轻地吻了下女儿的脑袋，和她“可爱的小宝贝”告别后，就离开了。

我和杰克互相看了一眼，我们都清楚这个小表妹可不是迷人的小天使，我们怀疑她其实是个海盗宝宝！晚上，等她的爸爸妈妈睡着后，扎拉可能会把家里翻得乱七八糟，罚她的娃娃做讨厌的事。她最擅长捣蛋了。

“嘎嘎！”扎拉叫起来，用手指着玛吉，咧开嘴笑起来，露出一颗闪闪发亮的小尖牙，看上去就像一把匕首。杰克正在画蓝色的星星，他很开心，但我有些紧张。扎拉是那种能把婚礼搞砸了的宝宝。妈妈跟我说过，结婚是大人生命中最特别的一天。我看了看席奥和马修，他们正在争抢一个订书机。扎拉想拿剪刀，杰克拿起一根蓝色的小棒，和阿奇玩起了抛接游戏。玛吉能照顾好我们所有人吗？

她似乎看出了我的心思，笑着说："杰米玛，你可比倭黑猩猩乖多了。有一次，我在多切斯特酒店喝下午茶，还要照顾五只倭黑猩猩。它们就像小孩，还喜欢扔自己的便便。"

但玛吉这话说得太早了，她刚说完，扎拉就在我画的粉红色爱心上画了一撇黑胡子！泪水开始在我的眼眶里打转。扎拉是最最可恶的海盗宝宝！我知道她是故意的。

我跑到洗手间，想用卫生纸把扎拉画的胡子擦掉，可没有用。

玛吉出现在我面前，手里拿着她从包里找出来的一个瓶子。"试试玛吉的神奇颜料水吧，"她提议，"我每次离开家都会带上它。"

我们把颜料水喷到玛吉的画笔上——**扑哧！**画笔变成了亮绿色，还有些黏糊糊的。

这真的有用吗？我有些怀疑。

玛吉看着我的表情，笑了起来。

我把黏糊糊的绿色轻轻地涂在画上，那撇难看的黑胡子不见了！我画的爱心出现了，和刚才的一模一样。

哇！

我们回到房间，扎拉把画笔的笔帽都拔了下来，然后朝男孩们扔过去。

“婚礼什么时候开始？”我问。

玛吉跑到窗口，“就是现在！新娘刚刚到了！快把东西都藏起来！”

我们把工具都收好。等我洗完手，安妮正好出现在门口。我很惊讶，她看上去就像一个人形棉花糖，但还是非常漂亮。杰克也很兴奋，他跑过去给了安妮一个拥抱。

安妮微笑着说：“你好，杰克。我要去下洗手间，我有些紧张。”

玛吉点点头，指了下洗手间的位置。

哦不！

杰克没有洗手，他在安妮的裙子后面留下了两个天蓝色的手印！

安妮马上就要走红毯了，幸好她还没有发现。玛吉的嘴张得很大，都变成了O型。她惊呆了，一动也不动。

天呐！

新娘能穿沾上蓝手印的婚纱吗？我开始想办法。我们可以向妈妈借一条裙子，要不就用鲜花把手印遮起来。

我的心怦怦直跳，要是杰克刚刚去洗下手该多好。

杰克等在洗手间门口，看起来也很不安。

“别想再把她锁起来，”我警告他，“我们不能在婚礼上绑架新娘！”

“对不起，”他抽着鼻子说，“我保证下次肯定洗手！我不是故意要弄脏她的裙子的。”

洗手间里传来冲水声，不一会儿，安妮出来了，脸上依然挂着微笑。

“她没有发现手印。”杰克吃了一惊，小声地说道。

“她肯定是太紧张了，没有留意到。”我也感到很意外。

“我真不是故意的，看到她，我太激动了。”杰克还在抽鼻子。

这时，妈妈冲了进来，“客人们都坐好了。”她告诉我们，对着安妮笑了一下。幸好，她也没有发现婚纱上的蓝手印。

我听到管风琴开始演奏《婚礼进行曲》。

我该怎么办？一方面，我觉得应该把情况告诉安妮，因为穿着一条屁股上有两个蓝手印的婚纱走上红毯是很丢脸的。可另一方面，我记得爸爸总是说：“你不知道的事情不会伤害到你。”

于是，我拿上自己的花篮，整理了一下头发，我们都朝大厅走去。忽然，我记起妈妈在纸条上列的第三条规矩。我是戒童！两个人结婚时，要交换结婚戒指，这样人人都知道他们结为夫妻了。

我跑到窗台那里，可你能相信吗？两枚金戒指和戒枕都**不见了**。我开始害怕，胃像洗衣机那样翻腾起来，难受极了，我到处乱窜……

钻到椅子下，

拉开窗帘，

去洗手间，

可都找不到戒指，我把戒指弄丢了！

安妮马上就要走上红毯了，我和杰克应该走在她前面，但我还在里屋找戒指！

我感觉到泪水涌了上来，只有一个人可以帮助我——玛吉。她正站在门口，我飞快地朝她跑去。她看上去也是一副忧心忡忡的样子，我快哭了。

“玛吉，”我慌慌张张地告诉她，“我把戒指弄丢了！”

“杰米玛，我找不到小宝宝扎拉了！”玛吉承认，她那像彩虹波浪一样的头发垂了下来，无精打采的。

这下不用找侦探了，我知道是怎么回事了。扎拉偷了戒指，然后溜了！人人都知道海盗宝宝喜欢小玩意儿，我肯定只要找到那个只有一颗牙的小偷宝宝，就能找到戒指。我们发疯似的去找扎拉，可一无所获。

玛吉跑到外面去了，我跑到大厅后面找杰克，或许弟弟可以帮助我们。当我看到杰克时，管风琴的声音更响了，好像是在催促我们快一点。

“我们得进去了，就现在！”杰克告诉我。

他一把抓住我的手，拉着我往前走，伴娘和伴童得走在队伍的最前面。

安妮和她的父亲站在大厅的后面，妈妈坐在自己的位置上，朝我们挥手，一脸自豪。她冲我点点头，示意可以走了，就像我们之前练习的那样。于是，我和杰克随着音乐节拍，慢慢地走上红毯。

我看到很多面孔，还有各种稀奇古怪的女士帽子，爷爷奶奶也在其中，我向他们挥了挥手，杰克看到席奥和马修的爸爸穿着一套细条纹西装。红毯很快就走完了，我们一起转过身，看着大家，微笑着，用力咧开嘴，就像月亮那样，同时把双手打开，手指张开，就像玛吉告诉我们的那样。

大厅另一头的安妮也在笑，穿着婚纱的她看上去就像个公主，那件婚纱如珍珠一样洁白，又像白云那样蓬松。

戴斯蒙德叔叔的眼睛里闪着喜悦的光芒。

可我还是很怕，连耳朵都能听到扑通扑通的心跳声。他们一会儿问我要戒指，我该怎么办？我不敢相信我和杰克搞

砸了安妮最重要的一天。

我开始胡思乱想，没有留意到客人们在交头接耳。不过，当安妮走上红毯时，客人们议论的声音更大了。我看到大家都在偷笑，他们用手捂住嘴巴，以免发出更响的声音。露西的妈妈和梅布尔露出了困惑的表情。发生什么事了？连爸爸都皱起了眉。

我知道原因了。

个头小小的玛吉就跟在安妮后面，丝毫没有察觉到周围的笑声。她手里拿着画笔，正把她那神奇的黏糊糊的绿药水涂到新娘的婚纱上，药水能去掉蓝色的手印。

玛吉，这办法实在是太棒了！

好在安妮太开心了，没有发现跟在身后的玛吉。等他们走到前面后，玛吉躲到了柱子后面。

安妮站在那里，看着即将成为她丈夫的戴斯蒙德叔叔，她真漂亮。她的婚纱又变回白色了，蓝手印完全消失了。

杰克轻轻地碰了我一下，我们离新娘很近，我看到安妮的婚纱上手印的地方留下了一小块湿渍，原本奶白色的缎面变透明了，我和杰克能看到安妮的短裤！

杰克悄悄地跟我说："这下'短吻鳄安妮'变成'短裤安妮'了！"

我第一次忘记了不见的戒指，笑得差点直不起腰。但我发现妈妈正看着我们，赶紧站好。我必须忍住不笑，所以我转过身不去看杰克。

主婚人开始讲话，他一开口，嘴巴上的胡子就会一抖一抖的。我真心希望当他发现我把戒指弄丢后，不会当着那么多人的面对我发脾气。

"戴斯蒙德·巴顿，你愿意与安妮·纳特利结为生命伴侣，无论顺境还是逆境，都相亲相爱，彼此珍惜吗？"

我的叔叔回答道："我愿意。"他看着安妮，灿烂地笑着。

当所有人都看着这对新人，为他们感到高兴时，我转过身去，偷偷地看玛吉。我发现她正穿过大厅后面，一双小短腿飞快地迈着步子！

主婚人对"短裤安妮"说："安妮·纳特利，你愿意与戴斯蒙德·巴顿结为生命伴侣，无论贫穷还是富贵，都相亲相爱吗？"

我假装挠背，这样就能再次转过身，这一次我瞄到玛吉往另一个方向跑去。

“我愿意。”安妮看着我叔叔的眼睛说。我看得出来，他们深爱着对方，我盼望着自己有一天也能成为新娘。

“戒童呢？”主婚人朝我这边看过来。

我不知道该怎么办，只能低头盯着自己的鞋子，大口地呼吸着。

每个人都开始四下张望，主婚人清了清嗓子，再次问道："戒指在哪里？谁负责拿戒指？"

我的脸又红又烫，杰克轻轻地碰了我一下，妈妈也看着我。

"**呼呼呼！**"我们身后传来一阵响声。

扎拉拿着戒枕，爬过红毯，速度快极了。玛吉紧跟在她后面。

哎呀！

"**那个危险的小海盗**就是戒童！"杰克指着扎拉，好像在室外一样大喊道。

主婚人很惊讶。

所有人的目光都集中到扎拉身上。

她停了下来，露出了可爱的笑容，想找一条逃跑的路线。

这时，阿奇也冲了进来。

妈妈气得脸色发绿，看上去和玛吉的神奇药水一个颜色。我家的小狗飞快地从爸爸身边跑过，爸爸想抓住阿奇，但扑了个空。阿奇朝扎拉冲去，用爪子抓住了戒枕。

“等一下，它是戒童吗？”主婚人指着我家的小狗问，一脸茫然。

“不，它是我们的缪斯。”杰克纠正他。

“去散步啦。”我喊，阿奇朝我跑过来。我伸出手，拿过戒枕。玛吉赶紧抱起扎拉，走出了大厅。

“我是戒童。”我拿着这两枚金光灿灿的戒指，开心极了。

所有人都站了起来，拍手欢呼，仿佛是在参加音乐会一样。

“哎呀-呀！”远处传来小海盗扎拉的叫声。

最后，人们都安静下来。当我把戒指交给主婚人时，觉得从来没有这么放松过。

“如果在场的任何人有理由反对他们结合，请说出来。”

没有人说话，我看到爸爸妈妈的脸上都流下了开心的泪水。爷爷奶奶手拉着手，萨莉阿姨和尼克叔叔脸上都挂着微笑。就在我以为婚礼不会再出现任何问题时，弟弟往前迈了一步。

“我有理由。”杰克用在室外说话的那种大嗓门说道。

整个大厅突然变得寂静无声。

大家都盯着杰克，看着我们，他要说什么？

主婚人被搞糊涂了，“说吧，你有什么理由？”他问。

啪！
啪！
啪！
啪！

“她看起来就像一个棉花糖！”杰克指着安妮，开玩笑说。

大家都惊讶地倒吸一口气。幸好，安妮并不介意，她把头往后一仰，大笑起来，笑声充满了整个大厅！妈妈和戴斯蒙德叔叔，还有其他所有人——包括主婚人都笑起来，有人微笑，有人轻声笑，还有人咯咯地笑个不停。亲爱的老梅布尔笑弯了腰，差一点滚到红毯上。比奇夫人笑得太用力，连帽子都掉下来了。

等大家再次坐好后，主婚人把手放在安妮和戴斯蒙德叔叔肩上，“最后，你可以亲吻新娘了！”他摸了下额头，松了一口气。

戴斯蒙德叔叔用手捧起“短裤安妮”的脸，给了她一个温柔的吻。

我悄悄地跟杰克说，我们可以撒玫瑰花瓣了。

我们把花瓣撒到新郎新娘身上，大家都开始欢呼。突然，我们听到……

杰克把在里屋抓的那把薄荷硬糖也撒到新郎新娘身上了，小石头一样的硬糖噼里啪啦，就像下雨一样砸在他们身上！

“对不起，我没有花瓣了。”杰克解释说。

他蹲下来捡起薄荷糖，还想往嘴里塞，妈妈赶紧过来把他拉开了。可怜的杰克，当他兴奋起来时，就控制不住自己。

仪式结束后，我们来到了另一个大房间，天花板上挂着很多小彩灯。房间里摆了很多白色的桌子和椅子，还有一个巧克力喷泉，乐队正准备表演。玛吉说，要是我们分开了，等到半夜，就在巧克力喷泉汇合，一起游泳。

我、杰克、玛吉和阿奇玩得很开心（杰克把那条让他脖子发痒的领带拿掉了，扎拉小宝宝在婴儿车里睡着了）。大人们还在发表那些无聊的讲话，我们钻到桌子下面，偷偷地拿了三大块蛋糕。味道实在太棒啦，就在我们狼吞虎咽的时候，玛吉讲起了发生在温克斯丁克公爵夫人那场豪华婚礼上的有趣故事。

乐队开始表演了，房间顿时变得很吵，我们都听不见对方在说什么，于是我们也开始跳起了舞。我跟妈妈一起又蹦又跳，但我的动作不是很灵活，看上去笨笨的。后来，爸爸让我站在他脚上，带着我一起跳舞。

杰克、席奥和马修像三只正在练习空手道的袋鼠，上蹿下跳的。

玛吉和阿奇跳起了探戈。

这是我参加过的最棒的聚会了，我第一次看到大人们这么开心。后来，我们悄悄地溜到戴斯蒙德叔叔的汽车旁，抓紧时间布置起来。我把横幅放上了车顶，和弟弟杰克把五彩纸屑撒在车上，把画好的画贴在仪表盘上，最后，杰

克把剩下的糖放在了前排座位上。你真应该看看戴斯蒙德叔叔和“短裤安妮”看到婚车后的表情，他们乐开了花！

不过，等戴斯蒙德叔叔打开车门，一屁股坐到硬糖上后，他的脸上露出了痛苦的表情。

哎哟！

但没有人生我弟弟的气，他让这场婚礼变得更加特别。虽然我们犯了一些错误，可我觉得伴娘是最棒的工作。那次之后，我迫不及待地想赶紧长大结婚。

你一定很好奇，我们后来有没有跳进巧克力喷泉游泳？嗯，我不会回答这个问题的，万一爸爸妈妈看到这个故事呢。不过这么说吧，到现在，我的耳朵上还沾有巧克力呢！

LOVE
新婚快乐！

你读过其他和玛吉有关的有趣故事吗？

Marge in Charge 神奇保姆玛吉
Marge in Charge
皇家保姆
玛吉驾到
1
[澳大利亚] 艾拉·菲舍尔（Isla Fisher）著
[法] 爱格兰蒂·瑟勒芒斯（Eglantine Ceulemans）绘
中国青年出版社
CHINA YOUTH PRESS

皇家保姆玛吉驾到

这一天，家里突然来了一位不速之客，爸爸妈妈说她是来照顾我和弟弟杰克的保姆：她看上去又老又矮，留着一头彩虹色的长发（大人不在的时候才露出来哟），比弟弟杰克还淘气，最“可怕”的是，她会随便修改妈妈定下来的规矩……事情好像越来越糟，这可怎么办呢？

Marge in Charge 神奇保姆玛吉
Marge and the Great Train Rescue
了不起的玛吉
火车站
3
[澳大利亚] 艾拉·菲舍尔（Isla Fisher）著　[法] 爱格兰蒂·瑟勒芒斯（Eglantine Ceulemans）绘
中国青年出版社
CHINA YOUTH PRESS
中青文传媒

了不起的玛吉

玛吉真是了不起！在她的带领下，我们用遥控卡车拔掉了杰克那颗松动的牙齿，拯救了一列被奶牛阻碍前行的火车，还参观了动物园里各种各样的奇妙动物……

Marge in Charge 神奇保姆玛吉
Marge and the Secret Tunnel
嘘！我们发现了秘密地道
奥兹国 4
[澳大利亚] 艾拉·菲舍尔（Isla Fisher）著 [法] 爱格兰蒂·瑟勒芒斯（Eglantine Ceulemans）绘
中国青年出版社
CHINA YOUTH PRESS

嘘！我们发现了秘密地道

你一定不会相信，我们的神奇保姆玛吉竟然带着我和弟弟杰克进入了一条地下秘密通道，去了一趟“奥兹国”，探险，寻宝，还结识了一位神秘的新朋友！她是谁呢？

Marge and the Great Train Rescue

了不起的玛吉

奥大利亚] 艾拉·菲舍尔（Isla Fisher）著　　[法] 爱格兰蒂·瑟勒芒斯（Eglantine Ceulemans）绘

中国青年出版社
CHINA YOUTH PRESS
中青文传媒

图书在版编目(CIP)数据

了不起的玛吉 /（澳）艾拉・菲舍尔著；（法）爱格兰蒂・瑟勒芒斯绘；陈薇薇译．—北京：中国青年出版社，2019. 3（神奇保姆玛吉）

书名原文：Marge and the Great Train Rescue

ISBN 978-7-5153-5397-5

Ⅰ. ①了… Ⅱ. ①艾… ②爱… ③陈…

Ⅲ. ①儿童故事—图画故事—澳大利亚—现代 Ⅳ. ①I611.85

中国版本图书馆CIP数据核字（2018）第254398号

了不起的玛吉

作　　者：［澳］艾拉・菲舍尔
绘　　者：［法］爱格兰蒂・瑟勒芒斯
译　　者：陈薇薇
策划编辑：向琳君
责任编辑：胡莉萍
美术编辑：张燕楠
出　　版：中国青年出版社
发　　行：北京中青文文化传媒有限公司
电　　话：010-65516873 / 65518035
公司网址：www.cyb.com.cn
购书网址：zqwts.tmall.com　www.diyijie.com
印　　刷：北京诚信伟业印刷有限公司
版　　次：2019年3月第1版
印　　次：2019年3月第1次印刷
开　　本：880 × 1230　1/32
字　　数：60千字
印　　张：4
京权图字：01-2018-5033
书　　号：ISBN 978-7-5153-5397-5
定　　价：89.90元（全4册）

Photo by Jim Spellman/WireImage

艾拉·菲舍尔，好莱坞知名演员、作家，曾长期固定出演电视剧《聚散离合》，并相继参演《一个购物狂的自白》《惊天魔盗团》《了不起的盖茨比》《守护者联盟》等电影，在此期间出版了畅销小说《名利有货》和《欲罢不能》。她有三个孩子，每天都会给他们讲自己编的睡前故事，这套风趣幽默的《神奇保姆玛吉》就是这样诞生的。

爱格兰蒂·瑟勒芒斯，法国知名绘者，毕业于里昂mile Cohl高等艺术学校，会大胆使用不同的材料和技巧进行创作，作品幽默且细腻。

巴顿一家
妈妈
爸爸
杰克
我（杰米玛）

CONTENTS

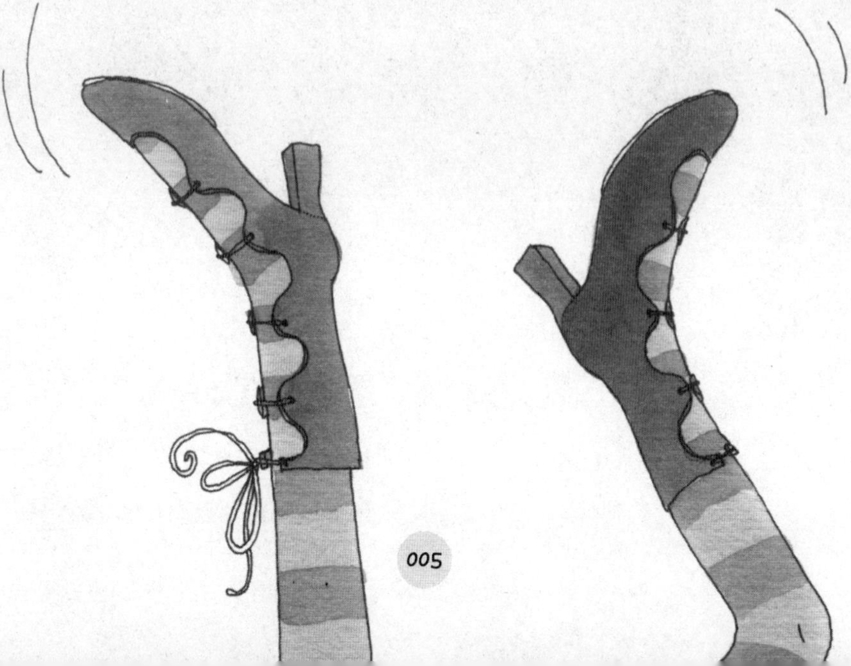

Marge and the Missing Tooth

消失的牙齿

“快点出来吧！”我说。

我那4岁的弟弟正躲在床底下。

“玛吉来了！”我开心极了。

玛吉是全宇宙最好的保姆，她已经到我们家了，我的弟弟却表现得很反常，不肯出来，我不知道他到底怎么了。玛吉不是那种普通的、无趣的保姆，恰恰相反，她是王室成员，有一次，她用松饼帮我们做了一只恐龙。

爸爸和妈妈站到了门口，他们穿戴得整整齐齐，看上去既精神又漂亮。爸爸穿上了笔挺的西装，妈妈则穿着一件好看的黑色上衣。

“我们得去参加聚会了，快点出来吧。”爸爸恳求道。

“不！”杰克生气地说。这可一点儿都不像他，往常，只要听到玛吉来了，他就会把运动短裤套到头上，像戴着个摔跤面具那样冲到门口去迎接她。

我和爸爸妈妈一起走到门厅，玛吉已经在那儿等着了。我总是忘记她有多么矮小，虽然我只有7岁，但我的个头和这位保姆差不多高，要知道她已经是个大人了，然而，她甚至不用弯腰就能走进我们玩耍的帐篷。

今天她穿了一件亮闪闪的银色衬衫，戴了一顶奇怪的银色帽子。

“你好，地球人。”玛吉开玩笑说，像机器人那样朝我挥手。她的样子还真有点像是从外太空来的，我咯咯地笑了起来。

“我们要很晚才回来，”爸爸给了我一个拥抱，“记住，玛吉说了算！”

“想办法让杰克振作起来吧，”妈妈一边说，一边抓起汽车钥匙，“从学校回来后，他就一直躲在床底下。”妈妈前脚刚跨出家门，又突然记起一件事来，她回头说，“我把规矩贴在冰箱上了。”

通常，玛吉会更改妈妈制定的规矩，让它们变得更有趣。例如上一次，她带我们去参加席奥的生日聚会，妈妈规定我们只能吃一块蛋糕，但玛吉改成了我们可以吃**九**块蛋糕！

我们挥手告别了爸爸妈妈的蓝色老车，紧接着，玛吉就干了一件我最喜欢的事。她拿掉了头上的帽子，如彩虹一样五彩斑斓的长发披落下来——红色的、绿色的、黄色的、橘色的和蓝色的，太漂亮了。

“我们想办法让你弟弟高兴起来吧！”玛吉手舞足蹈地穿过走廊，来到我们的卧室。我真是气坏了：我们一直眼巴巴地盼着玛吉来，现在她来了，杰克却躲在床底下，实在太

扫兴了，我想听玛吉讲她住在王宫里或者带着14只宠物周游世界时经历的疯狂的事。

“杰克？”玛吉假装没有看到他从床底下伸出的两条腿。

“哟——嚯——”玛吉一边喊着，一边查看了窗帘后面，还钻进了我的衣柜。

“你在哪儿呀？”她唱了起来。

“我在床底下呢。”一个细细的声音回答道。

玛吉拉起她的裙子，爬到杰克的床底下，我也跟着爬了

进去，这下我们俩跟杰克面对面了。

弟弟的小脸红红的，还起了疹子。

“到底发生了什么事？”玛吉问道，“自从亨伯丁克侯爵在舞厅里打网球，不小心打碎了他最心爱的中国明代花瓶之后，我还是第一次见到这么伤心的脸呢。”

“我的牙齿不肯掉下来，”杰克的下嘴唇颤抖着，“这颗愚蠢的牙齿早就松动了，可就是不掉下来！”

“这真是太可怕了。”玛吉表情沉重地接道。

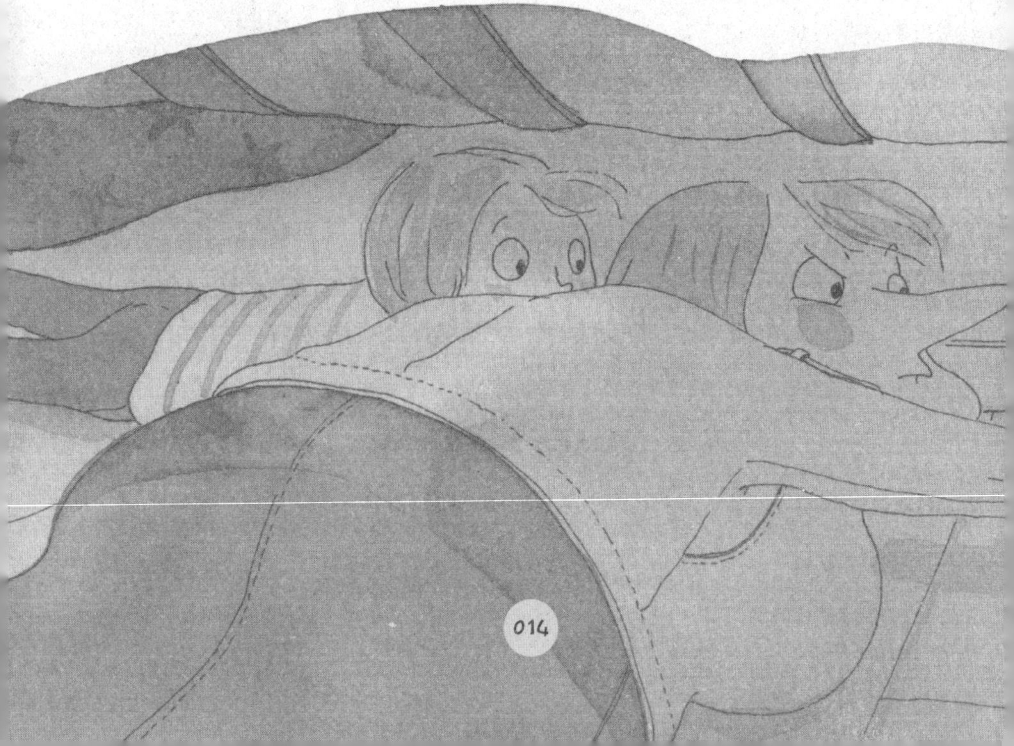

“席奥的牙齿掉了，牙仙子就给了他一个金币！”席奥有一边的眉毛特别长，他是杰克在学校认识的最好的朋友。

“牙仙子永远都不会来看我了。”杰克抽抽搭搭地哭起来。

“杰克，永远不要说不可能，”玛吉告诉他，“我曾经以为再也看不到我的袋鼠乔治了，那个有着毛茸茸鼻子的家伙不小心掉进了城堡的护城河里。可是有一天，它又出现了！我看到它的时候，它头上戴着王后消失的王冠，舒服地躺在王后的躺椅上，一边晒太阳，一边喝茶。”

玛吉挪动了下身体，靠近杰克，“能让我看一下吗？”她用手指轻轻地晃了晃他的那颗牙齿。

“我试过把它弄下来，”杰克抽了下鼻子，“我扭过，也用力拔过，可它就是不掉下来。”

“牙医玛吉能帮忙！”玛吉大声喊道，杰克终于笑了，“我们需要你爸爸的工具箱。”

弟弟脸上的笑容瞬间消失了，他看上去有些害怕。我们倒退着，从床底下爬了出来。

玛吉让我当牙医助理，我非常兴奋。

“我帮我的波斯猫阿米莉亚拔过牙。它溜进王宫的餐柜里，吃了很多很多的甜点，左边那颗尖牙连里面都烂了！我只能帮它拔掉了，”玛吉告诉杰克，“还有，城堡里有一套盔甲，上面嵌了一颗牙齿，已经有1000年了，是我把那颗牙齿拔出来的，骑士一点感觉也没有！”

我跑到车库，拿来了爸爸的工具箱。玛吉一边吹着口哨，一边在工具箱里翻找着。我突然想到了一件事——万一杰克嘴流血了，我们可能需要做些保护措施，于是又从厨房抓了一块围裙。

“躺下来。”我告诉杰克。玛吉戴上了一副巨大的护目镜。

“嘴巴张开！张大点。”

我和玛吉仔细瞅着杰克那两排像珍珠一样洁白的牙齿，虽然妈妈总说他刷牙的时间太短，但他的牙齿非常好，闪耀着亮白的光。

工具箱是亮闪闪红色的，里面装着很多奇妙的东西。

“太大了……”玛吉拿起一把扳手，摇了摇头。

“太重了……”玛吉把锤子放回了工具箱。

“太奇怪了……”她放弃了螺丝刀。

“瞧！”她咧开嘴笑了，挥动着一把绿色的钳子。

或许你还不知道，钳子就像是用金属做的爪子，可以紧紧抓住东西。

我不知道玛吉究竟要用钳子干什么，我只见过爸爸用钳子把栅栏上的钉子拔出来。可我只是牙医助理，不是牙医。我还有些担心，如果爸爸妈妈看到我们现在这个样子，他们可能会不高兴。不过是妈妈要我们想办法让杰克振作起来的，现在他确实又打起了精神。虽然杰克很害怕，但他就喜欢大家围着他转。

“或许你应该闭上眼睛。”我提议道，他紧紧地闭上了眼睛。

一二三四五，

让我数一数，

这颗小牙齿，

我来拔掉你！

她用钳子钳住那颗松动的牙齿，一只脚抵住床的一侧。

“啊啊啊！”

玛吉整个人往后摔去，来了个后滚翻，可牙齿还在杰克的嘴里。

“这颗牙齿太湿了，钳子会打滑，钳不牢。”说出这话后，我觉得自己算是个很合格的牙医助理。

“不是的，它肯定是被强力胶粘住了！”杰克坐了起来。

就在这时，我脑子里冒出个想法，太简单了吧，真不敢相信我之前竟然没有想到。让杰克吃个苹果不就行了！我的牙齿松动时，就是用这个方法弄下来的。但很快我就记起来，弟弟定了两条规矩：

1. 除非盘子正中央有番茄酱——这样他的蔬菜可以在番茄酱里“游泳”，否则，他坚决不吃饭。

2. 他讨厌苹果。自从有一天发现蛀虫可以钻进苹果里面后，他就再也没有吃过苹果。

“你得吃个苹果，用这个方法才能把你的牙齿弄下来。”我告诉杰克。让我惊讶的是，他飞一般地冲进了厨房。

我和玛吉相互看了一眼。只见杰克拿出一个很大的绿苹果，然后咬了一大口。

嘎嘣！

他嚼了一会儿，吞了下去。

“还是摇摇晃晃的，和之前一样，”杰克叹了一口气，“这苹果吃起来有一股蛀虫大便的味道。”

接着，我们在杰克的牙齿上绑了一根细绳，把绳子另一头系在阿奇的项圈上（阿奇是我们家的宠物小狗，它长着一个狮子鼻）。我们用尽各种办法，想让阿奇跑起来，可它就是不动，就在我们快要放弃时……

“我有办法了！”我指着厨房门口，杰克那辆遥控怪兽卡车就停在那里。

杰克和玛吉也看到了卡车，我们三个人没有说话，不约而同地点了点头。

我又在杰克的牙齿上绑了一根细绳，玛吉把另一头系在了卡车后面。

杰克拿着遥控器，看起来他已经下定决心了，只见他把遥控器推到前进挡。

卡车开动，飞快地向前奔去，绳子绷紧了……

砰！

杰克的牙齿从他嘴里飞了出来，还系在绳子上呢。

终于成功了！

杰克抓住他的牙齿。我们一起跑到门厅的镜子前面，我能清楚地看到，杰克嘴里原来那颗晃动的牙齿所在的位置，现在留下了一个大洞！杰克高兴地大喊大叫。我真是一个非常出色的牙医助理。

“我的那只雪貂长着很长的牙齿，我还记得它第一次掉牙的情景，”玛吉骄傲地说，“我们把那颗牙放在它的床尾，因为牙太长了，没法放在它的枕头下面。牙仙子给了它500个金币，长牙雪貂的牙齿非常宝贵。”

“今天晚上，牙仙子也会来我们的房间。”我兴奋地上蹿下跳，那高兴劲儿都快赶上牙仙子来看我的时候了。杰克给了玛吉一个大大的拥抱。我说过，玛吉是全世界最好的保姆。

“好了，让我们去看看你们妈妈留下的纸条吧，”玛吉拍手说，“快点！”

我们三个人仔细地看了妈妈在纸条上列出的规矩：

1. 晚上6点半吃晚饭。

2. 洗澡——不需要洗头发。

3. 睡觉前要刷牙！

4. 晚上8点熄灯。

玛吉看了一眼她的手表。“现在是晚上6点，熄灯前，我们还有足够多的时间。”

我很开心玛吉陪在我们身边，而杰克也不是那个坏脾气的杰克了！我的弟弟给那颗牙齿起了个名字，叫蒂姆。牙齿蒂姆参加了我们所有的游戏，就连吃晚饭的时候，它也在一旁。和牙齿一起玩实在是太有趣了，蒂姆可以乘坐迷你汽车，可以坐着我们的乐高火箭飞到月球上，可以睡在火柴盒里，当我们玩潜水游戏的时候，它可以假扮成一颗珍珠。每做完一件事，玛吉都会提醒杰克用一小张纸巾把牙齿蒂姆包起来，放进他的口袋里。可当我们洗完澡后，杰克把手伸进口袋一摸，惊叫起来。

“啊啊啊！”

“我的牙齿去哪儿了？”他大声喊道。

我和玛吉盯着空空的纸巾看了一会儿。

哦不！太可怕了。我们费了九牛二虎之力，好不容易把

这颗牙齿拔下来，现在它却不见了。

“妈妈经常说丢东西的时候，你得好好想想最后一次是在哪里见到它的。”我说。玛吉点头表示同意，我们都看着杰克。

“你最后一次和蒂姆玩是什么时候？”我问。

“我不记得了！”他抱怨道。

“洗澡的时候，你带上牙齿蒂姆了吗？”

“我不知道！”杰克叹气说。

我们一起检查了浴缸，但**没有看到牙齿**。

“我们刷牙的时候，你带上蒂姆了吗？”

“我记不太清了！”他大声说。

“说不定你把蒂姆吞到肚子里去了！”我倒吸了一口气。这话吓得杰克放声大哭。

玛吉把耳朵贴近杰克的肚子。

“有意思，”她说，“我听到有几根鱼条在里面游泳，还有西兰花……”

“我们晚饭吃的就是这些。”我说。玛吉真的能听到食物在杰克肚子里发出的声音吗？

“还有一些苹果汁，”她喊道，“**但我没有**听到牙齿的声音！”

“哦。”杰克说，但他只放松了一小会儿。

“说不定蒂姆掉到水池里了！”他惊呼。

我们三个人一起盯着排水孔看，里面太黑了，什么都看不见。如果牙齿蒂姆真的掉进去了，那就永远都找不回来了。

“找不到它，牙仙子就不会来了！”杰克号啕大哭，这下真的麻烦了。

玛吉跑到楼下，回来的时候手里拎着爸爸的工具箱。她在里面翻找了一会儿，又拿出了扳手。接着，她蹲下来，钻到水池下面，把扳手放到水管上，我和杰克一起帮她转动扳手，转啊转，转啊转。

“蒂姆可能在这根管子的第一段里，”玛吉说，“王宫的管道工佩妮以前也是这么做的。你只要不停地转动……”她开始说个不停。

哐啷！

一节管子掉在地板上。我们在里面找到一颗蓝色的弹珠，一瓶泡泡水，里面插了一根棍子，还有一缕恶心的头发。**没**

有牙齿。现在从排水孔往下看，我能看到地板，爸爸妈妈会不高兴的！

“你的牙齿一定掉到更里面去了！”玛吉大声说，她开始拧更多的管子。

“可是……玛吉，”我说，“水不就是从这里流出来的吗？”

还没等玛吉回答，水就从管子里喷射出来，直接喷到了她的脸上。

“**漏水啦！**”她尖叫起来。

不一会儿，整个浴室都是水。

“有人看见牙齿蒂姆了吗？希望它会游泳。”玛吉喊道。

“我们什么都看不见。”我和杰克说，水哗哗地，喷得到处都是，我得赶紧想个办法。我抓起牙膏，把它插进漏水的管子里。

“这样应该没问题了。”玛吉松了一口气。

但我还是不放心，因为管子不停地抖动着，发出咣当咣当的响声。

“我的**牙齿**呢？”杰克又大声喊起来，“如果蒂姆没有掉进排水孔，那**它现在在哪儿呢？**”

我觉得他又要哭了，突然——

声音是从玛吉的包里传出来的！

“我的闹钟！8点了！”玛吉大吃一惊，“应该**熄灯了**，妈妈的纸条上就是这么写的！”玛吉走出浴室，我们听到她从屋子这一头跑到那一头，又从那一头跑到这一头，忙着关灯，**咔嗒，咔嗒，咔嗒**。周围越来越暗，但杰克一心惦记着蒂姆，压根儿没有留意到。

“8点了，灯都**关了**！”玛吉一边说，一边从爸爸的工具箱里翻出一个手电筒，“我们**严格**遵守了你妈妈制定的规矩！”

我们把浴室弄得乱七八糟，这样也能算严格遵守妈妈制定的规矩吗？我不是很明白，但玛吉说了算。

“我想念那颗摇摇晃晃的牙齿了，”杰克抽着鼻子说，“那样至少比再也找不到牙齿好。”

“大侦探玛吉来帮忙。”玛吉很认真地说，只见她拿着手电筒，开始调查。

“我们最后一次见到牙齿是在今晚7点半左右，对吗？”玛吉用手电筒照着杰克的脸，问他，杰克点了点头。

玛吉手里还拿着妈妈写的纸条。她把纸条翻过来，我们一起（就像真正的侦探那样）回想在那之前做过的每一件事……

1. 用玩具汽车模仿交通大堵塞的情景。

2. 吃晚饭。

3. 搭一个堡垒。

4. 洗澡，刷牙。

5. 发现牙齿蒂姆不见了！

“我们得把这些事统统再做一遍，只不过得倒着来！”

玛吉表示，“这是找到蒂姆的唯一办法，就从搭堡垒开始吧。”

我喜欢搭堡垒，而且玛吉非常擅长搭堡垒，她曾帮助国王在王宫边上建造了一个侧厅，专门用来摆放王后收藏的巧克力。我们重新搭建的这座堡垒比第一次搭得更棒，杰克用垫子给堡垒搭了侧楼，我们飞越堡垒上空，寻找丢失的牙齿，玛吉颤抖着声音唱起了歌。

小牙牙，下门牙偏左的那颗牙哦，你已经不在杰克的嘴巴里了，“噗”的一声，你就这样不见了。你在哪里啊，我们不知道。

可找了半天，我们还是**没有找到牙齿**。

“吃晚饭的时候，你还和蒂姆一起玩呢！”我记起来了，“我们把它弹进盛豌豆的碗里，这样它就能和个头差不多的朋友们一起玩捉迷藏了。”

我们赶紧冲进厨房，玛吉把装有苹果汁的瓶子摇得沙沙响（我们曾让蒂姆在里面游泳），杰克检查地板（早些时候，牙齿蒂姆坐在冰块上，玩过雪橇游戏），可还是**没有找到牙齿**。

杰克的肩膀无力地垂了下去，自从上一次妈妈不让他看《乐高大电影》之后（因为妈妈觉得杰克年龄还太小），我还没见过杰克这么难过呢。

“别放弃，杰克，还有交通大堵塞游戏呢。”我说。

我们把玩具汽车排成一条长队，就像早些时候那样。一辆接一辆，我们把车子排到了玩具室外面，又顺着楼梯到楼下，排到餐桌下面。玛吉不遵守车速限制或保持在一条车道

的规定，汽车横冲直撞，地板上全是车，太有意思了。

我们不停地摆弄着玩具汽车，冲对方嚷嚷："嘿，奇特汉姆夫人，你见过一颗牙齿吗？！让你的司机开慢点！"

我和杰克**不停地**按汽车喇叭！

喊声和喇叭声此起彼伏，我们也不忘仔细地检查每一辆车和地板。杰克有一辆速度很快的红车，我里里外外检查了两遍，因为我记得蒂姆坐着这辆车飞快地冲过板球棒搭的桥，撞上了沙发。

但都**没发现牙齿**。

现在天已经黑了，我小声祈祷：如果能找到杰克的牙齿，我以后再也不偷拿他放在秘密盒子里的糖了。

“好吧，”玛吉叹了一口气，“只剩下最后一个办法了。”她把手伸进包里，拿出了钳子，然后张大嘴巴，把钳子放在自己前排的一颗牙齿上。

“玛吉，你要干什么？”我吓了一跳。但事实摆在眼前：她打算拔掉自己的一颗牙！

“杰克，你需要一颗牙齿，”玛吉说，放下拿着钳子的那只手，“牙仙子可不管牙齿是你的，还是我的，她只会留意很少见的牙齿，例如长牙雪貂的牙齿。”

“可是玛吉，”我说，“你不是已经换过牙了吗？”

“是的，”玛吉回答，“我和诺丁汉大公为了争最后一块柠檬酥皮派，展开了一场击剑比赛，结果我掉了一颗牙齿。还有一次，我和一只只有一条腿的鸭子一起表演杂技，不小心摔倒了，嘴巴磕在王座上，掉了一颗牙。”

玛吉开始拔自己的牙了。

“它不会再长出来了，”杰克吓得尖叫起来，但我觉得他还有一点点兴奋，“你会变成海盗那样，或者像个婴儿，也可能像女巫那样！”

为了一块酥皮派，玛吉掉了一颗牙。

玛吉使出九牛二虎之力，她是真的要把自己的牙齿拔下来！我低头盯着自己的脚，实在不敢看。

“祝我好运吧！”玛吉说，就在这时，我记起来了。

“等等！” 我大喊，**“我见过牙齿蒂姆！”**

玛吉停了下来。我闭上眼睛，开始回忆。当时我换上了那套口袋上有雏菊图案的睡衣，正好看到杰克把他的牙齿放在枕头下面！

我赶紧告诉他们。

“哦对啦，我忘记了！”杰克着急地说，“我把牙齿放在枕头下面，等着牙仙子来拿。”

我的弟弟才4岁，他不可能记住所有的事情。我们三个飞快地跑上楼，冲进卧室。在杰克的枕头下面，我们找到了……

一颗小小的、洁白的东西，和牙齿一样大！

杰克用右手抓起蒂姆，举过头顶，就像拿了冠军那样开心。

“太棒啦！” 他激动地亲吻牙齿。

我们成功了！

“杰米玛，你帮了大忙。”玛吉说。可我觉得她才是真正勇敢的人，她打算把自己的牙齿拔下来给杰克！她是个大人，如果真的这么做了，就再也长不出新牙了。

玛吉打起了哈欠，“女服务员什么时候来收拾房间？”

她总是忘记我们不是王室成员，没有仆人为我们服务。我开始担心，爸爸妈妈回来后看到浴室里都是水，该怎么办呢？

自从我用牙膏堵住水管后，从管子里传出的咣当咣当声现在更大了，就好像一头鲸鱼被困在浴室的墙里，不停挣扎着想要出来一样。

幸运的是，玛吉想出了一个办法。我们把杰克的牙齿放在他的枕头下面，还留了一张纸条，上面写着：

亲爱的牙仙子：

这是牙齿蒂姆，它很好玩，也很干净。你能帮我们一个小小的忙吗——用你的魔法帮我们修好水池？我们的皇家保姆把水管拆开来，却不知道怎么装回去。

爱你的杰克·布莱恩·巴顿

附：谢谢！

蒂姆

第二天早上，当我们醒来时，惊讶地发现浴室已经被打扫得干干净净了，杰克的枕头下有一枚亮闪闪的硬币！

Marge and the Great Train Rescue

火车大救援

我简直不敢相信，两件美妙的事竟然在同一天发生了！第一件事是玛吉——这个世界上除了妈妈（有时候也可以算上爸爸）之外最有趣的大人会来照顾我们。第二件事是妈妈安排了我们坐火车去动物园。

真正的火车！

我兴奋极了。我是杰米玛·巴顿，现在我正坐在卧室的地板上。我的弟弟杰克在玩玩具火车，他搭了一条铁轨，从厨房一直通到我们的卧室，我被绊倒了两次。

“火车可比汽车快多了。”杰克拿起火车头，从我脑袋边上飕飕地划过。

“飞机更快。”我提醒他。

“但火车能发出很酷的声音。”杰克说。在这一点上，我同意他的看法。

杰克长大后想当火车司机。在他很小的时候，爸爸会带他去看“轰隆轰隆”的火车，每次要回家时，他都会哇哇大哭，杰克就是这么喜欢火车。

叮咚!

门铃响了。

哇呼!

我和杰克争先恐后地朝门口跑去,边跑边叫,声音实在是太大了,吓得妈妈把茶都洒到了腿上。

玛吉来了,多么令人高兴的事啊!

玛吉的个头实在是太小了,就像一个霍比特人。她曾告诉我们,有一次圣诞老人错把她当成小精灵,还请她帮忙分发圣诞礼物呢。

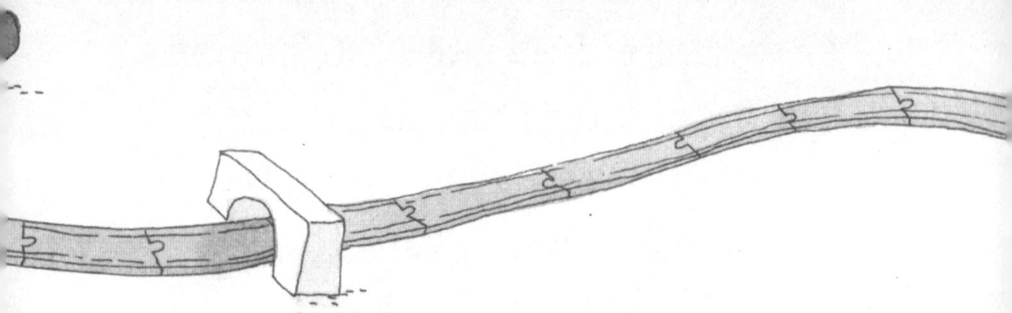

今天早上，玛吉围着一条毛绒绒的粉红色围巾，围巾很长，一直拖到她的后背，她头上戴了一顶带圆点的粉红色太阳帽，看上去就像一只粉红色的火烈鸟，只不过腿短了些。

“快乐的小绵羊！”她大声说，从背包里拿出三张银色的火车票，“我们三个火枪手马上要出发去冒险啦。”

她拉起我们的手，我们三个人围成一个圆圈，又蹦又跳，开心地大叫。

“你好，玛吉，”妈妈一边打招呼，一边擦着裤子上褐色的茶渍，“火车9点开，车站离这里并不远。”

玛吉拿出怀表看了看时间。我给了妈妈一个拥抱——我们很高兴看到玛吉，可我不想让妈妈觉得她被抛弃了。

“我们得抓紧时间了，”玛吉宣布，“我们要最早上火车，这样就能坐在前排，和海军上将坐一块儿。等我们潜到水下后，就可以透过窗户看外面游来游去的鱼。”

“嗯，玛吉……”我笑出了声，“火车和潜水艇不一样。”

“你的意思是火车不能潜入海里？”玛吉眯起眼睛看着我。

妈妈笑了，我们的保姆有时候就像个傻瓜。

“它们可以潜入海里，但必须是在海底修建的隧道里。”我解释说。

玛吉一脸惊讶，她没有完全相信我说的话。

“孩子们，开开心心地去坐火车吧，在动物园玩得开心哦。”妈妈给我们每人一个棕色的纸袋，里面装着黄瓜三明治。

“请一定让杰克把黄瓜也吃了，不要只吃面包。”妈妈说。杰克听到后，眼珠转了转。

我的弟弟定了两条规矩：

1. 吃三明治的时候，他只吃面包。无论三明治里夹了什么馅料，哪怕里面是果酱，他都坚决不吃。

2. 杰克不排队，他讨厌保持“耐心”，他说耐心很愚蠢。

“孩子们，记住，玛吉说了算。”妈妈和我们亲吻告别。

朝火车站走去时，我才发现玛吉除了带一个背包外，还拿了两个很大的手提箱。

“每次离开王宫，我都会带上自己收藏的所有帽子。天可能下雨，也可能出大太阳，或许还有人要请我们去喝茶，吃烤饼呢。”玛吉气喘吁吁地说，她用力地拖着手提箱和背包。

我觉得玛吉肯定有很多很多帽子，因为她得把头发藏进帽子里。我跟你说过玛吉的头发吗？我们的保姆有一头非常酷的彩色头发，有红色的、绿色的、黄色的、橘色的和蓝色的，但她从不让大人看到她的头发，只有我们知道她的这个秘密。如果爸爸妈妈发现玛吉留着这样惊人的长发，或者知道玛吉养了一只名叫伯特的长牙雪貂，还训练它吹口琴，我不知道他们还会不会让玛吉照顾我们。

火车站里挤满了人，大家都急匆匆地走着。车站里有一块很大的公告牌，上面列出了全部的火车目的地。玛吉盯着公告牌看了一会儿，然后低头看看我们的车票，一脸茫然。

过了好久，她才说："391号站台。"

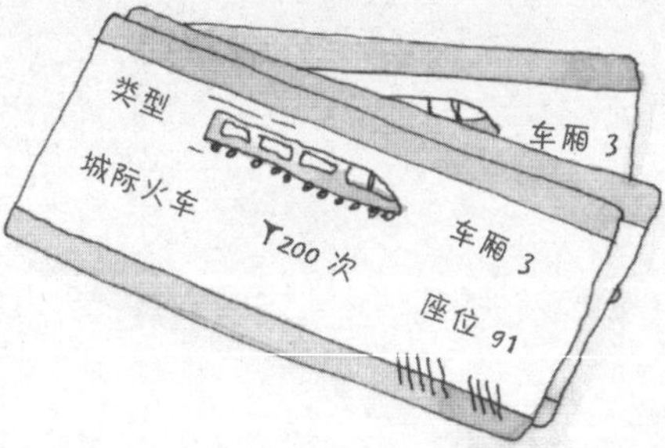

我透过栏杆往下面看，开始数有几个站台，停靠着几辆闪闪发亮的火车。不对啊，我从玛吉手里拿过车票。

“是3号车厢91号座位，”我仔细看了下公告牌，“我们得去1号站台。”

虽然玛吉是我们的保姆，可有时候，她反而需要我们的照顾，你明白我的意思吧。我觉得这是因为她从小在王宫里长大的缘故，有很多保姆照顾她，还有一个厨帅和一个管家帮她做事。

站台很拥挤，我和杰克手拉着手，我们可不想走散了。

突~突~

一辆红色的大火车咔嚓咔嚓朝我们驶过来，杰克笑得合不拢嘴。我们排队等着上车。

“你打破了你自己定的规矩，”我逗弟弟，“你现在正在排队呢。”

“我们没有排成一条直线，而是弯弯曲曲的，所以不算排队。”杰克真的很固执。

没过多久，玛吉发现车票不见了——或者用她自己的话来说，是“不记得把车票放哪里了”——我们是坐自动扶梯下来的，这段路很短。好在我很擅长找东西，过去这一年里，我有5次找到了爸爸的眼镜，还找到了妈妈丢失的手套，甚至在地板缝隙里发现了一枚硬币。

“在这里！”我看到车票从玛吉的帽子下面露了出来。

“谁把它们放这里的？太奇怪了。”玛吉怀疑地看着周围的人。我和杰克也装出很好奇的样子，但我俩知道肯定是玛吉自己放那里的，只是她忘记了。

“我对火车了如指掌，”玛吉跟我们说，“你们可以称我为专家。以前，每次我坐王后的客车时，国王都会叫我机械师玛吉。”我们一边听着玛吉滔滔不绝地说话，一边挤上了火车，激动极了，“这列火车是一种高速的单轨列车，它有翅膀，所以能从山上飞过去。”

其他人也听到了我们这位火车专家说的话。

“胡说八道！”一个穿着蓝色制服的男人接话道，他头上光秃秃的，没有一根头发，“火车可不是飞机！”名牌上写着他的名字：**哈罗德**。

杰克盯着他的脑袋问：“你是谁？你的头发去哪里了？”

“我是列车长。现在往后走，车很快就要开了。”哈罗德严肃地告诉我们。

火车里面比外面看上去宽敞多了。地板上铺着地毯，所有的座位都有编号，所以我们很快就找到了自己的座位。我赶紧坐在靠窗的位置，杰克坐在我旁边。玛吉用力地把她的手提箱放到我们头顶的架子上，然后坐在我们对面的位置上。每次想到火车会飞驰起来，我的心里就会有一种莫名的兴奋感。

玛吉开口了："皇家火车有一节车厢是专门用来梳洗打扮宠物的。有一次，我带上了我那头得了白化病的水牛，我想给它洗下尾巴……"

没等她说完，广播里传出一个低沉的声音：

"乘客们，请注意，火车即将发车，车门正在关闭，请不要靠近。"

火车发出轻轻的嗡嗡声，慢慢地离开了车站，速度越来越快。

"看！"杰克指着窗外，树木和房子飞快地后退，"我们的速度可真快。"

火车的速度比我骑自行车的速度快多了，也比从学校最高的滑梯上滑下来的速度快。我有些紧张，心跳加速。这时，玛吉唱起了歌，声音微微颤抖着。

它不在空中飞，也不在海中游，
它比汽车更长，速度比星星慢，
它能保护你，不被雨水淋，
它不是外套，它就是火车。

广播又响了：

“下午好，我是杰拉德，今天的火车司机，我们预计会准点到达。”

“我能开火车吗？”杰克恳求道。

“当然可以。”玛吉轻轻地拍了下他的小脑瓜。

你知道大人们总是说这个没问题，那个没问题，可根本不是那么回事。比如爸爸说会给妈妈种的植物浇水，又或者妈妈说我们可以去超市外面的游乐场玩，但最后都没有做到。但玛吉是个说话算数的人，如果她说杰克可以开火车，他就能开。只是我不知道让杰克开火车，其他乘客会不会担心安全问题。

“来吧，我们去找司机杰拉德。”玛吉站起来，带着我们穿过车厢，向火车头走去。

在行驶的火车上走动可不是件容易的事，感觉有点像站在摇晃的秋千上。

我们老是失去平衡，不得不抓住一些东西。有一次，我摔倒在一个正在座位上睡觉的女士身上，幸好，她没有醒来，但杰克忍不住笑出了声。

终于，我们来到了火车驾驶室的玻璃门前，司机就在里面。玛吉正要去拉门，我们突然听到一个很严肃的声音。

“我以铁路安全的名义要求你们停下来。”

我们转过身，又看到了哈罗德。

“你们到底想干什么？”他质问我们。

玛吉行了一个屈膝礼。

“我叫玛格丽·博雷加德·维多利亚·庞特伏瓦，我是一个女公爵，我们想跟司机提个请求。”

“除了司机之外，**没有人**可以进入驾驶室，连女公爵也不可以。”哈罗德的态度很坚决。

“可如果待在驾驶室外面，杰克怎么开火车呢？”玛吉问。

哈罗德很生气，他的两腮涨起来，脸就像个鼓鼓的气球。

“开火车？”他的脸从红色变成了紫色，“这个小孩都没有驾照！你疯了吗？”

“没有。不过刚才有那么一小会儿，我找不到我们的火车票了，差点就要疯了。谢天谢地，杰米玛在我的帽子里发现了车票。”玛吉笑着说。

哈罗德的眉毛皱了起来，看起来非常愤怒，“乘客绝对不可以开火车！！”

“其实，杰克用玩具火

车练习过很多次了，所以不用害怕。”玛吉回答。

“我什么都不怕！”哈罗德轻蔑地说，“我不怕黑，也不怕蜘蛛，连响亮的雷声也不能吓到我。所以，我绝对不会害怕三个小孩！”他要求我们立刻回到座位上。

“可我是个大人。”玛吉纠正他。

“那你就应该更懂事些。小孩开火车？接下去是什么？猴子开太空船吗？”

“事实上，第一只进入太空的动物就是一只叫艾伯特的猴子。”玛吉告诉他。

“胡说八道！”哈罗德跺着脚说。

我们三个人闷闷不乐地回到座位上，我看到杰克的眼里噙满了泪水。

我也很难过。我一度以为杰克真的能开火车呢，那样他肯定会很开心的，还可以把这段美妙的经历告诉朋友们。

但玛吉已经有了计划。我们准备乔装打扮一下，悄悄溜到驾驶室，不被哈罗德发现！玛吉管这叫“秘密行动”。

我们的保姆把搁在架子上的手提箱搬下来，眼睛里闪烁着兴奋的光芒。

她给杰克找了一顶蓝色的软毡帽："你的间谍代号就叫詹姆斯·邦德。"接着，她拿出一顶蓝色的海军贝雷帽（这是一种法国人喜欢戴的帽子，很漂亮）扣在我的头上，"你的间谍代号就叫狡猾的法棍面包。"

终于，她给自己找了一顶毛绒帽，"我的代号是悄没声儿的松鼠。"

然后，她给我们每个人找了一副墨镜。

“哈罗德还是能认出我们的。”我很担心。

可没有人听我的。“玛吉说了算。”杰克咧开嘴笑了。

正当我们准备出发去执行秘密行动时，玛吉想起一件事。

“我们得戴上手套，”她在手提箱里翻找着，“这样就不会留下任何指纹了。”

但上车前玛吉并没有把手套放进手提箱里，于是她提议我们把袜子戴到手上，可把袜子戴在手上感觉怪怪的（还有些痒）。玛吉觉得为了不被发现，我们可能需要分开行动。

“我不想分开行动！”杰克看上去有些害怕，“那个光头看起来很严厉的样子。”

杰克一直很勇敢，所以我很容易忘记他只有4岁。

“别担心，詹姆斯·邦德，狡猾的法棍面包和悄没声儿的松鼠会一直陪着你！”说完这话，我轻轻地拥抱了他一下。

我们快速穿过车厢，努力保持平衡，尽量不和别人有眼神接触。我的贝雷帽不停地滑下来，遮住我的一只眼睛，周围的人都用奇怪的眼神看着我们。杰克的圆点“手套”太大了，可以一直戴到手肘，他看上去既像个小男孩，又像一只小斑点狗。

快到火车头时，我们发现哈罗德正在检票。

“躲起来！”杰克尖叫着，把我们拉进厕所，锁上了门。

厕所实在太小了，我们三个人挤在一起，就像塞进拖鞋的脚趾那样。除了火车发动机的声音外，我们还听到了脚步声和人们聊天的声音。

杰克把门打开，偷偷往外看了看，“没有危险了，他已经走了！”

我们赶紧冲出厕所，气喘吁吁地来到驾驶室门口。我们马上就要进去了，这时候

嘎~~~吱~~~！！！

火车突然来了个**急刹车**，紧接着就发出一阵尖锐的响声，我们都没有站稳，往前摔倒了。

广播里再次传出司机杰拉德的声音：“很抱歉，这班火车要晚点了，我们遇到了一些麻烦。”

“火车坏了，这下我再也开不了这辆火车了。”杰克生气地撅起嘴。

“机械师玛吉来帮忙。”玛吉喊道。

我们往窗外看去，想知道到底发生了什么事。我只看到很多树，一座水塔和一辆停在远处的小汽车。杰克跑到另一边，查看那里有什么情况。我希望我们不要在这里停太久。

“我觉得是双缸发动机和上面的叶片出现了裂缝。”玛吉得出了这样的结论。

“快看！”我说。铁轨上站着一头很大的棕色奶牛，它见到火车也不慌张，一副轻松的样子！

哈罗德急得团团转，似乎没有发现我们溜回了自己的座位，也没有注意到我们戴的那几顶愚蠢的帽子。

他面朝所有乘客说：“大家都看到了，现在有一头疯狂又凶残的野兽挡住了我们的路，只有这头野兽离开铁轨，我们才能继续前进。”

疯狂又凶残？我有些糊涂了。我凑近车窗看了看，铁轨从一片绿油油的草地中穿过，这头牛正在开心地吃草。“那头牛可能永远都不走了，”我说，“等我们到动物园的时候，那里都关门了。”

“我们只能等待，”哈罗德警告说，“任何人都不能去那里，那样做不安全，那头怪兽会把我们撕成好几片的。它会把我们活活吃掉，把我们的骨头踩得粉碎！”

我摇了摇头，可怜的哈罗德肯定很怕牛。

“我从没听说过牛会杀人。”杰克悄悄跟玛吉说。

“我听说过，”玛吉也压低了声音，“但说来话长。”

然后，她看着哈罗德说：“我以为你什么都不怕。”她提醒他。

“我也是这么认为的，直到我看到这头长着毛的可怕大

牛！”哈罗德抽抽噎噎地哭了起来。

玛吉把带着袜子的手放在哈罗德的肩膀上。“你愿意让我们帮助你吗？”她问，“我超级喜欢牛。有一次，我给我的宠物牛安娜贝拉穿上芭蕾舞裙，教它用一只脚的脚尖旋转。”

学习用一只脚的脚尖旋转：这个动作很优雅。

哈罗德松了口气，他点点头，“好的，请帮帮我。”

于是，几分钟后，我和杰克、玛吉就来到铁轨边上，朝那头牛走过去。

玛吉一边用舌头发出奇怪的咔哒声，一边拍手。牛盯着我们看的时候，玛吉在背包里翻找了一会儿，拿出了我们的黄瓜三明治。

哦不，玛吉要把我们的午餐给流浪动物，这样妈妈会不高兴的！

“我觉得这是一头希腊牛，希腊语‘你好’是这么说的——‘亚萨’。”玛吉告诉我们。她停下来，趴在地上，冲着牛**哞哞叫**。

牛的耳朵一会儿往前，一会儿往后，就像汽车上的雨刮器那样。慢慢地，她朝玛吉走过来，然后转向我。

天呐！这头牛为什么会选择我呢？我可不会说希腊语。玛吉递给我一个三明治，我拿着递给牛吃，它离我越来越近了。它的眼睛圆圆的，睫毛长长的，一副好奇的神情。走到我跟前，牛低下头，我的手有些发抖。我能感觉到它呼出的热气，当它把三明治吞进嘴巴里时，胡子碰到我的手掌，有种痒痒的感觉。它嚼了一会儿，然后把黄瓜吐了出来。

“我早就跟你说过，杰米玛，”杰克悄声说，他不想吓到牛，“连牛也只喜欢吃面包！”

我真是不敢相信！我正在喂一头牛。我的手掌心碰到了它那光滑的鼻子，真软啊。

玛吉一脸自豪的表情，她站起来，又发出了那种咔哒声。

真是不可思议，那头牛开始跟着玛吉走。我、杰克和玛吉带它离开了铁轨，来到树旁，其他的牛都在那里。

我打心底里为自己的表现感到骄傲。我和杰克、玛吉击掌庆祝，我们成功了！

当我们回到火车上时，其他乘客为我们欢呼了起来。

哈罗德看上去放松了不少。“你们想认识下司机吗？”他亲切地问我们。

杰克把脸埋进胳肢窝里，吐舌头发出噗噗声。只有遇到格外兴奋的事时，他才会这么做，比如有一次，他找到了妈妈藏起来的可以涂在脸上的油彩。

司机杰拉德留着浓密的大胡子，看起来很高兴有客人来访，尤其是帮助他解决麻烦、让火车可以准点到达目的地的客人。

他和我们握手，“你们就是今天帮了大忙的牧牛人。欢迎！”

驾驶室里竟然有那么多的按钮，我和杰克都不敢相信自己的眼睛。杰拉德给我们看了刹车和油门控制器。我们看到一块很大的蓝色电脑屏幕、控制指示灯，还有一块控制板上写着“燃料系统”四个字。杰克拉响了喇叭。

突～突～

杰拉德给我们讲解每一个按钮的作用，玛吉打了个大大的哈欠，她肯定是累坏了。

“希腊牛天性友好，不像西班牙牛。”玛吉嘟囔着，蜷缩在角落里。她头上还戴着那顶毛绒帽，细细的腿伸出来，很快就进入了梦乡。

接下去发生的事是我经历过的最美妙的事，甚至比我们后来在动物园见到那些奇妙的动物还要棒。

杰克终于可以握住油门控制器了！

我在一旁看着，心提到了嗓子眼。他伸出小小的舌头，全神贯注，看上去很自豪！我迫不及待想把杰克开火车的事告诉爸爸。

然后，真是不敢相信，我也体验了一回开火车。

虽然我还没有学会前滚翻，也不会打响指，但我，牧牛人杰米玛·巴顿，会开火车哦！

Marge and the Zany Zoo Day

动物园一日游

还是我，杰米玛·巴顿，告诉你一个好消息——我们到动物园啦！

从火车站到动物园有很长的一段路要走，玛吉唱了一首傻傻的歌，逗得我和杰克笑个不停。

没有地方比动物园更棒啦，
你可以骑袋鼠，
你可以喂鳄鱼，
不用担心踩到动物的便便。

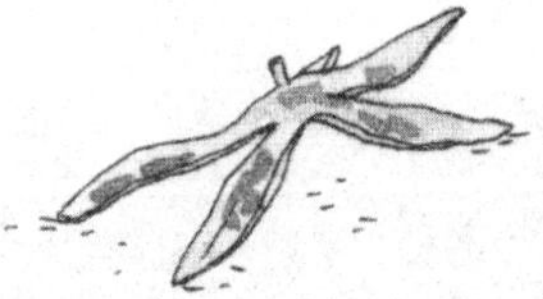

对我们来说，这一天已经足够精彩，而现在，我们马上就要见到所有喜欢的动物了！

“我等不及想见猩猩奥利弗了！”

我的弟弟兴奋地跳过路上的缝隙。

杰克就是因为猩猩奥利弗而爱上动物园的。奥利弗长得又高又壮，毛茸茸的，动作和我们人类的很相像。它是杰克在动物园认识的最好的朋友：我们上一次来这里时，

他们还一起跳舞呢。猩猩会模仿我弟弟做的每一个动作，连管理员看了都哈哈大笑。不过当杰克反过来模仿奥利弗的动作时，情况变得一团糟。

猩猩转过身，用屁股对着大家，还把便便扔到玻璃上，于是，妈妈决定带我们离开。从那之后，我们就再也没有来过动物园，今天是头一回！

来到动物园门口，我们加入了排队的行列。我实在是太兴奋了，压根儿就不介意还得等一段时间才能进去。玛吉让我保管买门票的钱，我觉得自己是个大姑娘了！

对了，我有没有跟你说过，我在学校正做着一个有关变色龙的研究？变色龙是蜥蜴的一种，能改变身体的颜色。今天我带上了全部的彩色铅笔（因为我不知道变色龙今天会变成什么颜色），打算画一只变色龙。

队伍移动得很慢。“看，从这里我能看到长颈鹿！”顺着我手指的方向看过去，有两头长颈鹿从动物园围栏上面探出头来，伸出紫色的长舌头，卷起树叶，吞进嘴里，慢慢地咀嚼着。我和杰克盯着它们看了好一会儿，突然我发现周围格外安静。

我们转过身，发现玛吉不见了。

“**玛吉？！**”我喊道。

“**玛吉？！**”杰克也喊了一声。

可没有回应，她去哪儿了？我们穿过排队的人群，大声地喊着她的名字。

“**玛吉！玛吉，我们在这里！**”杰克叫着。

ZOO

“你们的狗不见了吗？”一位女士温和地问我们。

“不，”我告诉她，“是我们的保姆不见了。”

“你见过她吗？”杰克问，“她大概这么高。”杰克说着把手举到我的前额这里，“她的头发像彩虹一样，她长得像《查理与巧克力工厂》里的欧帕伦帕人。”

这位女士用奇怪的眼神看着我们。就在这时，我发现玛吉在前面很远的地方，她戴着墨镜，慢慢地朝检票口爬过去！

“对不起。”我一边说，一边和杰克往队伍前面跑去。玛吉从售票员的两条腿下面钻了过去，穿过动物园大门，躲进灌木丛后面。她就这样进了动物园，居然没有人拦她！

我们也想跟进去，可被站在门口的售票员拦了下来。

“有大人陪你们一起来吗？”他问，“小孩不能单独进入动物园。”

“嗯，有的。她，嗯，她在我们前面进去了。”我结结巴巴地说。

他看起来并不相信我说的话，于是我把玛吉给我们的钱递给他。

ZOO
ZOO

他仔仔细细地打量着我们，过了一会儿，摘掉他的动物园工作帽，挥了一挥，让我们进去，甚至还给了我们一把能免费换动物饲料的代币。

呼，我们终于进动物园了！

玛吉从灌木丛后面冒了出来。

“玛吉，你没有买票！”我责怪她。

“我有年卡。”玛吉说着，拍掉了身上的树叶，接着她把年卡拿给我们看，脸上露出自豪的表情。

“那你为什么要偷偷溜进来？”我被她弄糊涂了。

“严格地说，自从上一次来过动物园之后，我就不能再进来了。”玛吉低声承认。

“你上一次来动物园到底发生了什么事？”杰克眼睛瞪得大大的，就像两颗高尔夫球。

我不清楚自己究竟想不想知道原因，无论是什么，妈妈都肯定不会喜欢的。

“我上一次来这里时，”玛吉承认，“不小心打开了一些笼子，把一些动物放出来了。我把疣猪格蕾丝放出来了——因为它看上去很不开心！然后，把狮子萨姆也放出来了，我叫它‘被困在笼子里的伤心萨姆’。”玛吉露出难为情的表情，“但自由是要付出代价的。

动物园里所有的游客都吓得惊声尖叫！

“动物园管理员展开了一场大搜寻，最终，我们找到了萨姆和格蕾丝。

萨姆在蝴蝶馆里打盹儿。

格蕾丝在咖啡馆里吃热狗。

“它们都平安无事，但动物园的领导让我不要再来动物园了。”

杰克乐坏了。“那我们把猩猩奥利弗放出来吧，这样它就能和我们一起回家了！”他恳求说。

这是我听到过的最糟糕的点子！我和杰克共用一个卧室，现在已经乱七八糟了，如果再住进一只猩猩，真是不敢想象房间会乱成什么样子。

我们打开动物园地图。“好啦，年轻的探险家们，”玛吉说，“我们先去哪里呢？”

“去看猩猩奥利弗吧。”杰克大声说。

“我觉得我们应该先去看老虎宝宝。”我提议。奥利弗住的地方在地图最下面，而我们现在所在的位置附近有很多奇妙的动物，不能不看。玛吉表示同意，我们就出发了。我连蹦带跳，高兴极了。玛吉和杰克也蹦跶起来，我们决定就这样蹦蹦跳跳地逛动物园。

老虎馆非常大，我们花了好一会儿才找到虎宝宝们。这里一共有两只虎宝宝，旁边的牌子写着它们现在是6个月大。

“把老虎的年龄换算成人的年龄，它们和你差不多大，杰米玛，”玛吉看着虎宝宝说，“几年前，我和马戏团一起周游世界。大家叫我虎语者，因为我能和老虎说话，而且和它

们说话时，我总是很小声。”

玛吉向我们展示怎样悄悄地跟老虎说话，但这两只虎宝宝只顾着玩，一个劲儿地追一个橡皮球，看来它们还没有学会听人说话，也有可能是我们说的话不对。我试着把一些有趣的小秘密告诉虎宝宝们，比如我曾经相信当我睡着后，毛绒玩具会活过来，又比如穿新鞋能让我跑得更快。

我们说话的声音越来越响，老虎馆里的其他人都盯着我们看，但虎宝宝们依然对我们不理不睬。玛吉开始冲着它们发出嘘声和低吼声！这么做成功地引起了虎宝宝们的注意。它们先是一动不动，没多久就跑回小洞里，还发出呜呜的叫声，玛吉把它们吓跑了！管理员很生气，朝我们走过来。

“我们走吧。”玛吉压低声音，说出最后一句话。

没等我们出发去下一站，我弟弟又大叫了起来。

“现在我们可以去看猩猩奥利弗了吗？”

我劝他耐心点，我们得先看一些其他动物。接下去，我们和大象打了招呼，还偷看了河马洗澡的样子。我们和斑马挥手，学火烈鸟单腿站立。

然后，我们来到企鹅馆，和一小群人坐在一起，看管理员把黏糊糊的鱼扔进企鹅嘴里。

“谁想给它们喂点鲭鱼？”管理员问。所有的小孩都举起了手，玛吉是唯一一个举手的大人。

“哦，哦，请选我吧，让我来，让我来！”玛吉大声喊道。

“你究竟是小孩，还是大人？”管理员问。

“大人！请选她吧。”杰克又蹦又跳。

管理员给了玛吉一个装满鱼的小桶，玛吉从桶里选了一条特别黏的鱼，举了起来，企鹅都激动地拍打着翅膀。

玛吉拿着鱼的那只手越举越高，甚至举过了头顶。只见她张开嘴，把那条滑溜溜的鱼直接扔进了自己的嘴里！我不知道谁的吸气声更响，是人，还是企鹅？

“啊，我爱吃鲭鱼，”玛吉说，“鲭鱼对你们也有好处，它含有很健康的鱼油。”企鹅和大家都瞪大眼睛看着她。

“杰克，杰米玛，你们想尝尝美味吗？”我用力地摇了摇头。湿漉漉的活鱼可不是什么美味——**好恶心！**

让大家又惊又怕的是，玛吉又吞了几条鱼。接着，她小

心翼翼地把两条鱼放进背包里，然后把剩下的鱼都喂给了企鹅，可它们好像还是有点生她的气。

“吃过一顿可口的午餐后，”当我们离开企鹅馆时，玛吉对我和杰克说，“应该吃冰激凌啦！”

我吃了一个草莓奶油冰激凌，杰克吃了四个薄荷巧克力脆片球，我又打开地图。

我们离宠物园非常近，这里是动物园里最有趣的地方之一，我和杰克可以用代币买饲料喂动物。现在我们已经是有经验的牧牛人了，肯定能和牛、鸭子、绵羊和山羊好好相处的。

玛吉坐在宠物园中间的一块石头上，所有的动物把我们团团围住。

我和杰克开始喂动物吃东西，抚摸它们。有一头奶牛全身上下都是棕色的，我真希望它能够产出巧克力牛奶，而不是普通的牛奶。

这头奶牛不停地用头揉我的后背，我想叫玛吉看，可她正忙着呢。

玛吉把一只山羊抱在怀里，就像抱着一个婴儿。她一边哼着摇篮曲，一边亲山羊！

接下去，她亲了一只鸭子，就亲在它扁扁的嘴巴上。她还亲了所有的绵羊，连跑开的绵羊也不放过。她不停地追着这些羊，直到抓住它们，对着它们那又灰又脏的鼻子送上热烈的吻。在我认识的所有人中，玛吉最喜欢动物！

当我们准备离开宠物园时，管理员让我们把手洗干净。

“你恐怕还得洗一下嘴巴。”他对玛吉说。

“现在我们可以去看猩猩奥利弗了吗？”杰克说，他开始单脚跳，从一只脚换到另一只脚，“我已经等了好久啦。”

“马上，杰克。”我跟他说。我在地图上找到了爬虫馆的位置，变色龙肯定住在那里，我确信无疑。我指给玛吉看，我们三个又蹦跳着出发了。

爬虫馆里很阴暗，也很潮湿，有好几次，我不得不眨几下眼睛才能看清楚展出的动物。杰克拉着我的手，我们一起朝第一个玻璃橱窗走去。

玛吉一眼就看到了变色龙凯蒂，它身上覆盖着鳞片，呈现出鲜艳的绿色，紧紧地抓住一块石头。

我赶紧拿出彩色铅笔，开始画凯蒂。它一动也不动，我等着它换一个更夸张的姿势。

杰克有些不耐烦，就往前走去。

“快看这里面！”他倒吸了一口气。

我急忙跑过去。

玻璃箱里面黑乎乎的，但有一个散发着橙色光芒的小灯，还有些树枝和石头，以及一只……长着毛茸茸的腿、大大脑袋的狼蛛！

“啊啊啊！”玛吉尖叫了起来，**“救命啊！有蜘蛛！”**

她跳到我的背上，就像超强力胶水那样紧紧地粘着我。

“我们是在昆虫馆里，当然会有蜘蛛啊！”我说，“但其实，蜘蛛不是昆虫，它们属于蛛形纲动物。”可玛吉根本没有在听我说话，其他人都看着我们，我竟然背着一个大人！

“它会攻击我的！”玛吉还在大声嚷嚷。让我惊讶的是，她明明是个大人，却不是很重。

“它被关在玻璃箱里面呢！”我试着让玛吉冷静下来。

“它可以用那尖尖的毒牙打碎玻璃！”玛吉吓坏了。

“那只蜘蛛没有毒。”我凑近去看关于蜘蛛的介绍，完全忘记了这么一来，玛吉也离蜘蛛更近了。

“**啊啊啊！**”玛吉发出刺耳的尖叫声。她从我的背上跳下来，仿佛整幢楼着火了那样，跃过一个躺在婴儿车里的小宝宝，摔倒在地上。惊魂未定的玛吉爬起来，又钻进一群小学生中，把他们的老师推到一边，还挤开了一位老爷爷，跑了出去。当我和杰克找到她时，她仍然吓得浑身发抖。

☆

“我住在王宫里时，国王下令把所有这种令人讨厌的可怕爬虫都抓起来，然后统统赶到了另一个王国去。”

我真的很惊讶，因为我一直以为玛吉喜欢所有的动物，连鼻涕虫也不例外。

“可我们得回去，我得画完我的画。”我说。

没等玛吉回答，广播里就传出一个低沉的声音：

“鹦鹉湾马上就要进行
鸟天堂表演，
大家快来吧！”

玛吉高兴地拍起了手。

“我爱鹦鹉。我以前养了一只叫饼干夫人的鹦鹉，但它和一只獾坠入了爱河，一起私奔了。”

“我们什么时候去看猩猩奥利弗？”杰克忍不住抱怨起来。

“下一个，我保证，”我对弟弟说，“我得完成学校布置的任务。”

我们根据动物园地图，蹦跳着来到了鹦鹉湾，找了个前排的位置坐下来。鸟儿在空中飞来飞去，它们长着五颜六色的羽毛，和玛吉头发的颜色一样。这些鸟实在是太漂亮了！

一只老鹰拍打着翅膀飞过，它的爪子上勾着一枚戒指，还给了管理员。

一只鹦鹉在不停地说着话。

一只彩虹色的短尾鹦鹉在我们头顶展翅飞翔。

我们不禁为这些可爱的鸟欢呼起来。

表演结束后，玛吉从她的背包里拿出一包种子，往头上倒了一点。

“保持安静，不要动。”玛吉告诉我们。所有的鸟都飞了过来，有些就停在玛吉的脑袋上，开始吃种子。能和这些鸟靠得这么近，实在是太棒啦，尤其是那只雪白的猫头鹰，它

看上去就像一个戴着老花眼镜的小老头。

“现在我们可以去看猩猩奥利弗了吗？”杰克不停地问。

“现在我们可以去看猩猩奥利弗了吗？”一只红鹦鹉学着杰克的样子，把这句话重复了一遍。

“现在我们可以去看猩猩奥利弗了吗？”另一只黄鹦鹉叫起来。

很快，一只绿鹦鹉加入进来，紧接着是一只蓝鹦鹉，它们一起叫：**“现在我们可以去看猩猩奥利弗了吗？”**

这下，我真的生气了，我觉得自己一整天听到的就只有这一句话。我正要开口让杰克闭嘴，忽然一团黏糊糊的白色东西从我眼前飞过，刚好落在玛吉的头上！

紧接着，又有一团东西掉了下来，**扑通一声**，落在我的肩膀上。我很快就知道发生了什么事。哦不！是鸟儿拉屎了。**啪嗒一声**，又一团鸟屎掉在了杰克的头上。

“啊~快跑！”我大喊。

我们赶紧冲进洗手间。“便便落到身上会带来好运的！”玛吉上气不接下气地说，“有一次，我在玩捉迷藏的游戏，我

因祸得福

的猫鼬切斯特把便便拉在我的脚上，结果没有人能找到我！”

我们用湿巾把自己擦干净，终于可以蹦蹦跳跳地出发去看猩猩奥利弗了。虽然弟弟快把我逼疯了，但我知道他一心盼着能看到奥利弗，我不想扫他的兴。

可接下去发生的事真是让人不敢相信，当我们来到奥利弗居住的地方时，发现里面空荡荡的！

它不在绳子上荡秋千，没有躺在网兜吊床里，也不在它最喜欢的树上，可怜的杰克吓坏了。

突然，我发现旁边立着一块很大的公告牌，我大声地念了出来。

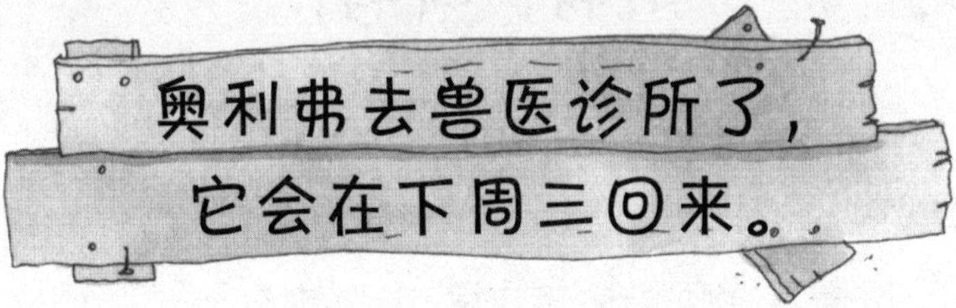

杰克的脸色变得很难看。我弟弟有两条规矩：

1. 他总是在夏天穿长筒雨靴，冬天穿凉鞋。

2. 他来动物园就是为了看猩猩奥利弗的。

杰克的肩膀垂了下来，下嘴唇开始颤抖，哭了起来。我为他感到难过，预感到他很快就会号啕大哭起来。有一个班的孩子也来了，他们脸上都露出了失望的表情。

“我想看奥利弗。”一个扎着小辫子的小姑娘哭得稀里哗啦。

我给了弟弟一个大大的拥抱，然后我发现玛吉又不见了。我简直不能相信，妈妈还让玛吉照看我们，可其实是我们应该留意玛吉才对！

“哦啊，哦啊！”

我们惊讶极了，笼子角落里传来一阵叫声，里面的灌木丛也发出了沙沙的响声。

“快看，”老师跟她的学生说，“那是什么？”

“一定是奥利弗，它从兽医诊所回来了！”我松了一口气，笑着对杰克说。

但灌木丛中冒出了玛吉的脑袋！

她戴着一顶橘黄色的帽子，用手捶打着自己的胸口。说实话，她更像是一个圆锥形的交通路标，而不是猩猩，不过好像没有人在乎。

玛吉从一根绳子上荡到另一根绳子上，

一边理头发一边尖叫，然后跑到玻璃这边，像奥利弗那样用力拍打玻璃。

大家交头接耳，声音越来越大。管理员听到了，跑进来看究竟发生了什么事。他看上去非常生气，可就在这时，又有一大群孩子涌了进来。他们一边拍手一边欢呼，没有人介意出现在里面的不是真的奥利弗。

杰克拖着脚往前走，他开始和玛吉玩，就像以前和奥利弗玩那样。他摇摇头，表示“不”，玛吉模仿他的动作。然后，杰克大笑起来，玛吉也哈哈大笑。

玛吉甚至比奥利弗更像猩猩。

杰克高兴极了，我也很开心——不过我还没有跟你说最棒的部分呢。

玛吉表演完之后，管理员同意我能更近距离地观察变色龙凯蒂。

它有一条长长的卷尾巴，玛吉把凯蒂放到她的头顶上，它就变成了彩虹色。我终于把凯蒂画下来了，我带去的每一支彩色铅笔都派上了用场！

我和杰克对视了一眼，都偷偷地笑了。我们拥有世界上最棒的保姆，这一点千真万确！

你读过其他关于玛吉的
有趣故事吗？

Marge in Charge 神奇保姆玛吉
Marge in Charge
皇家保姆
玛吉驾到
1
[澳大利亚] 艾拉·菲舍尔（Isla Fisher）著
[法] 爱格兰蒂·瑟勒芒斯（Eglantine Ceulemans）绘
中国青年出版社
CHINA YOUTH PRESS

皇家保姆玛吉驾到

这一天，家里突然来了一位不速之客，爸爸妈妈说她是来照顾我和弟弟杰克的保姆：她看上去又老又矮，留着一头彩虹色的长发（大人不在的时候才露出来哟），比弟弟杰克还淘气，最“可怕”的是，她会随便修改妈妈定下来的规矩……事情好像越来越糟，这可怎么办呢？

Marge in Charge 神奇保姆玛吉
Marge and the Pirate Baby
家里来了个
"海盗宝宝"
2
[澳大利亚] 艾拉·菲舍尔（Isla Fisher）著 [法] 爱格兰蒂·瑟勒芒斯（Eglantine Ceulemans）绘
中国青年出版社
CHINA YOUTH PRESS

家里来了个“海盗宝宝”

小表妹扎拉来了，阿姨和妈妈都说她是小天使，只有我和弟弟杰克知道扎拉可是个“海盗宝宝”：她总是随便乱拿我们的东西，恶作剧地把口水吐到杰克的白色新鞋上，生起气来声音大得就像“救护车”……幸好这一次保姆玛吉也在，她能照顾好这个“海盗宝宝”吗？

Marge in Charge 神奇保姆玛吉
Marge and the Secret Tunnel
嘘！我们发现了
秘密地道
奥兹国
4
[澳大利亚] 艾拉・菲舍尔（Isla Fisher）著
[法] 爱格兰蒂・瑟勒芒斯（Eglantine Ceulemans）绘
中国青年出版社
CHINA YOUTH PRESS

嘘！我们发现了秘密地道

你一定不会相信，我们的神奇保姆玛吉竟然带着我和弟弟杰克进入了一条地下秘密通道，去了一趟“奥兹国”，探险，寻宝，还结识了一位神秘的新朋友！她是谁呢？

Marge and the Secret Tunnel

嘘！我们发现了秘密地道

[澳大利亚] 艾拉·菲舍尔（Isla Fisher）著　　[法] 爱格兰蒂·瑟勒芒斯（Eglantine Ceulemans）绘

中国青年出版社
CHINA YOUTH PRESS
中青文传媒

图书在版编目(CIP)数据

嘘！我们发现了秘密地道 /（澳）艾拉·菲舍尔著；（法）爱格兰蒂·瑟勒芒斯绘；陈薇薇译. —北京：中国青年出版社，2019. 3（神奇保姆玛吉）

书名原文：Marge and the Secret Tunnel

ISBN 978-7-5153-5397-5

Ⅰ. ①嘘… Ⅱ. ①艾… ②爱… ③陈…

Ⅲ. ①儿童故事—图画故事—澳大利亚—现代 Ⅳ. ①I611.85

中国版本图书馆CIP数据核字（2018）第254401号

嘘！我们发现了秘密地道

作　　者：[澳] 艾拉·菲舍尔
绘　　者：[法] 爱格兰蒂·瑟勒芒斯
译　　者：陈薇薇
策划编辑：向琳君
责任编辑：胡莉萍
美术编辑：张燕楠
出　　版：中国青年出版社
发　　行：北京中青文文化传媒有限公司
电　　话：010-65516873 / 65518035
公司网址：www.cyb.com.cn
购书网址：zqwts.tmall.com　www.diyijie.com
印　　刷：北京诚信伟业印刷有限公司
版　　次：2019年3月第1版
印　　次：2019年3月第1次印刷
开　　本：880 × 1230　1/32
字　　数：60千字
印　　张：4
京权图字：01-2018-5034
书　　号：ISBN 978-7-5153-5397-5
定　　价：89.90元（全4册）

Photo by Jim Spellman/WireImage

艾拉·菲舍尔，好莱坞知名演员、作家，曾长期固定出演电视剧《聚散离合》，并相继参演《一个购物狂的自白》《惊天魔盗团》《了不起的盖茨比》《守护者联盟》等电影，在此期间出版了畅销小说《名利有货》和《欲罢不能》。她有三个孩子，每天都会给他们讲自己编的睡前故事，这套风趣幽默的《神奇保姆玛吉》就是这样诞生的。

爱格兰蒂·瑟勒芒斯，法国知名绘者，毕业于里昂mile Cohl高等艺术学校，会大胆使用不同的材料和技巧进行创作，作品幽默且细腻。

巴顿一家
妈妈
爸爸
杰克
我（杰米玛）

CONTENTS

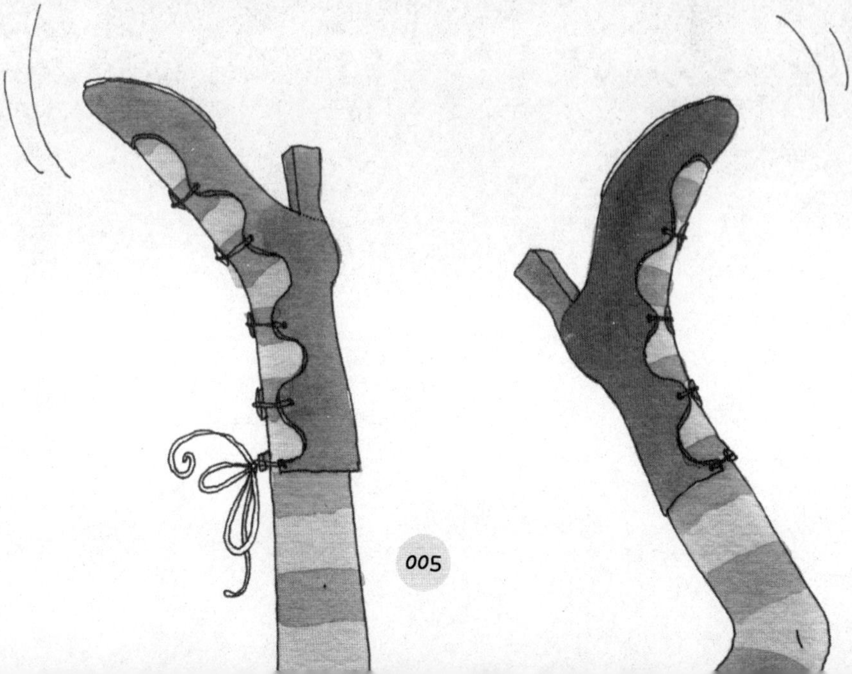

Marge and the Secret Tunnel

嘘！我们发现了秘密地道

故事从我忙着寻找不见了的飞盘开始。

“接住！”杰克大声喊道，飞盘从我的头顶飞过，消失在我家花园尽头的橡树后面。

天呐！我可不想再丢玩具了。我已经找不到我的跳绳和仙女屋了，杰克也找不到他的玩具警车了，从那之后，他就经常发脾气。

我赶紧跑过去，穿过玫瑰花丛，绕过妈妈种的西红柿，寻找飞盘。

正是在这个时候，我发现了那个洞。

洞被树枝盖着，好像是有人故意放上去，不希望别人发现似的。这个洞很大，一头熊或者一个外星人完全可以钻进去，我的23只布袋小狗也统统都能塞进去（但我绝不会把它们拿到外面来，因为我不想弄脏它们的毛），我们的飞盘就落在洞旁边。

“你找到飞盘了吗？”弟弟跑到我身旁，气喘吁吁地问。他问的是飞盘，而我把刚发现的洞指给他看。

杰克瞪大了眼睛。

“把你的手放进去。”他故意这么说，想看我敢不敢。

我有点害怕，万一有东西躲在洞里面呢。于是我先往里面扔了块石头，过了好一会儿才听到回声！

我深吸了一口气……

“这不是个洞，这是条地道！”

“**秘密地道！**”弟弟惊讶地倒吸了一口气。

这条地道到底通向哪里？说不定是往树篱下面通过去，也可能通到地球中心……我盯着黑黝黝的洞口，心怦怦直跳。

“我敢打赌这条地道通到奥兹国！”杰克大叫起来。

爸爸曾经去澳大利亚出差，他把澳大利亚叫作“奥兹国”，还在杰克的地球仪上指出了位置——澳大利亚在世界的另一

头！我觉得这条地道不可能通到那么远的地方。

我们对着这条神秘的地道，想得实在是太入神了。妈妈在屋里喊我们时，我和杰克都吓了一跳。

“我们不要告诉其他人。”我警告弟弟，他很不擅长保守秘密。有一次，他用爸爸的电脑充电器做了条牵狗绳，又主动把这件事说了出来。反正我是不会跟任何人说的。

今天是爸爸妈妈的“结婚周年纪念日”，这意味着他们相爱很久了。他们经常嘴对嘴亲吻（这让我觉得很不自在），所以我巴不得他们赶紧离开呢，而且，他们出门还意味着今天下午我们那了不起的保姆就要来啦！

我跟你说过玛吉吗？

她不是那种无聊的、一本正经的大人，她有一只会跳舞的雪貂，名叫费迪南德。我们第一次见面时，她给我们煮了巧克力汤！玛吉肯定能帮助我们找出这条地道的另一头在哪里！

叮咚！

门铃响了，我和杰克飞快地跑进屋里。

15

当我拉开前门时，第一眼看到的是一副又长又细的滑雪板，接着才瞄到了玛吉，她穿着粉红色的滑雪服，还戴着护目镜和头盔!

妈妈也来到门口，看到玛吉这个样子，她很惊讶。“玛吉，你真是全副武装啊！”妈妈说。

“我要去参加王后组织的越野滑雪锦标赛，正在积极训练呢！”她向妈妈解释。对了，我跟你说过吗？我们的保姆是王室成员。她的个头很矮小，不用弯腰就能查看我家的信箱。

妈妈似乎不知道该怎么接话，而杰克已经拿了玛吉的滑雪护目镜，假装往我身上扔雪球。

“虽然现在没下雪，但这仍然是一种很好的锻炼方式。”玛吉一边说一边和我们拥抱。

“我们要很晚才回来，”妈妈告诉玛吉，“我把纸条贴冰箱上了，不过最重要的是让杰克想好在开学后的班级演讲上说什么，他得描述一次假期冒险的经历。”

“我**讨厌**家庭作业！”杰克抱怨说，他拿起玛吉的一块滑雪板，就像拿着一把剑那样，向妈妈刺过去。

爸爸及时出现，“拯救”了妈妈。他还带着妈妈转了一个圈，两个人大笑起来，又开始亲吻。

讨厌！

“玛吉说了算！”爸爸一边提醒我们，一边抓起车钥匙，和妈妈一起往门口走去，我们拼命冲他们挥手。

等爸爸妈妈一出门，我们赶紧把发现秘密地道的事告诉了玛吉，她露出了自豪的表情。

“干得好，冒险家们！我小时候就喜欢在王宫里四处探索。有一次，我发现了一段神秘的楼梯……”

“它通到哪儿？”我问。

“地牢的厕所，”玛吉告诉我们，“不过我发现了一双水晶鞋，还有一只独角兽的角，是纯金的！”

我和杰克惊讶极了，对视了一眼。

“我觉得这条秘密地道通到澳大利亚。”杰克说。

“啊，‘南边的土地’……”玛吉一脸的期待，“这是澳大利亚的另一种叫法，我会说流利的澳大利亚语。”她得意地说。

“澳大利亚人不是也说英语吗？”我问。

“他们说的不是正宗的宫廷英语。举个例子，他们不说‘您好’，而是说‘你好，伙计’，还有他们把小孩叫作‘小不点儿’。现在，我们去看下妈妈写的纸条吧，快点儿！”

杰克站在玛吉的滑雪板上，两腿僵直地往冰箱的方向移。他费了点力气穿过走廊门和桌子中间的狭窄空隙，终于把纸条拿过来了。

“我们先带你去看地道，然后再回来看妈妈的纸条，行吗？”我请求玛吉。这个发现实在是太惊人啦，自从我在没有大人的陪同下乘坐“速度恶魔”过山车之后，还没有这样神奇的经历呢！玛吉同意了，于是我们带她去了花园的橡树下。

“哦，这确实很不寻常……”玛吉趴在洞口，身子往里探，很快就只剩下两条细细的腿露在外面。

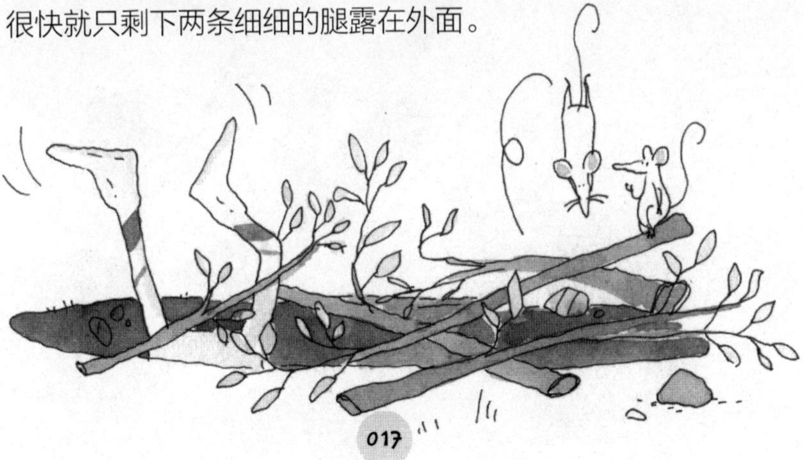

汪汪！

我家的宠物小狗、长着狮子鼻的阿奇冲着玛吉的脚叫起来。

“是你挖的吗？”我一把抱起阿奇，它给了我一个湿漉漉的吻。

杰克用力抓住玛吉的腿，“快出来，我们一起爬进去吧！”

“天呐，这样做是很不礼貌的！”玛吉哼着鼻子说，她从洞里钻了出来，“我们不能随随便便闯入其他地方，只有接到正式的邀请才行。”

她从手提包里拿出一支羽毛笔，在妈妈留下的纸条背面写起来：

亲爱的先生/女士/熊/怪物/妖精/大巫师：

无论您是谁，

我们想要进入您的地道，请问您是否可以向我们发出邀请？

您的王室朋友，

杰米玛·巴顿、杰克·巴顿和玛格丽·博雷加德·维多利亚·庞特伏瓦

玛吉又从包里拿出一根银色的小棒，它原来是一根可折叠的钓鱼竿，一头有一个小小的塑料钩。玛吉用钩子勾住纸条，我们三个就像在码头尽头的小渔夫，小心地把钓线放进地道。然后，我们坐了下来，等待回信。

“再跟我讲讲澳大利亚吧。”杰克恳求说。

玛吉脱掉滑雪头盔，亮闪闪的长发披散开来，她头发的颜色是最漂亮的，有红色、绿色、黄色、橘色和蓝色。

“我曾在大堡礁和蝴蝶鱼一起游泳，和沙袋鼠一起去丛

林流浪。还有一次，一只多情的鸸鹋疯狂地爱上了我，想在我脑袋上下蛋，幸好我逃了出来！”

我和杰克被逗得哈哈大笑。

鸸鹋对玛吉一见钟情。

突然，钓线动了起来。

我们赶紧站起来，眯着眼往洞里看。

“有鱼上钩了！”玛吉喊道，她用力拉起钓鱼竿，开始收线。

塑料鱼钩上有一个漂亮的纸卷，用红丝带扎着。

“天呐，我的通心粉啊！”杰克兴奋地嚷了起来。

他扯掉丝带，打开纸卷。

上面写着这样一段话：

亲爱的陌生人/仙女/小精灵/山精/男孩和女孩：

我邀请你们进入我的地道。我有些属于你们的东西，欢迎你们来把它们带回去。

A.

附言：P. T. O.

我们那些不见了的玩具肯定就在地道的另一头！

“A代表澳大利亚！”杰克尖叫，“澳大利亚给我们回信了！”我不知道弟弟怎么会有这样的想法，觉得一个国家能写信，但我不想扫他的兴（他还觉得交通信号灯里住着小人，是他们把红灯变成绿灯的）。

“P. T. O.”的意思就是“请把信翻过来”，于是我把信翻过来，背面是一张地图。

我的心提到了嗓子眼，地图上画着一座房子，有一条小路从房子通到一条小溪。地图上还用红笔画了一个很大的X，旁边是一条美人鱼。

“我们能去吗？我们能去吗？”杰克着急地问道。

要是爸爸妈妈知道我们离开花园，他们会不会不高兴呢？我不知道，但我还从没见过美人鱼呢。

玛吉说拒绝别人的邀请是不礼貌的行为。杰克咧开嘴笑了。

“玛吉说了算！”他兴奋得连声音都颤抖了。

我们很快就拿好了需要的东西，水瓶、装虫子的容器和防晒霜，玛吉把它们统统装进了她的背包。

地道里肯定很黑，伸手不见五指，但幸好玛吉的滑雪头盔上装有头灯，她负责在前面带路。

天上的云多了起来，天空变得阴沉沉的，我们四肢着地，一个接一个，慢慢地爬进洞里。

地道先是往下倾斜，然后逐渐变平。我什么都看不见，掌心开始出汗，泥土都粘在了手上。外面传来了一些我不熟悉的声音——有割草机的声音，还有奇怪的抓挠东西的声音。

地道里有一种很奇怪的味道，像是泥土和动物粪便混合在一起的味道。但玛吉似乎一点儿也不在乎，她唱起了歌。

像小小獾那样，挖呀挖地道，
像普通的鼹鼠那样，挖得足够深，
像超级大甲虫那样，钻进地下去，
像迷你小马驹那样，把土都刨出来。

“小马驹不是刚出生的马吗？”我问，在黑暗中眨了眨眼。

“马不会挖洞。”杰克笑出了声。

玛吉没理会我们，继续高声唱。

像苗条的河狸那样，一头钻进地下，

像圆滚滚的红狐狸那样，拼命挖土，

像壮壮的金花鼠那样，把好吃的藏在地下，

像胖胖的公牛那样，往地里钻洞！

我和杰克都知道公牛不会钻洞，杰克被逗得咯咯笑。我觉得牛肯定钻不进这条地道，这里太窄了。

我不知道我们在地下爬了多久，但感觉过了很长一段时间。就在我开始担心可能碰到蜘蛛或者更可怕的东西时……不敢相信，地道又开始往上升。

周围突然亮了起来，接着我们从地下钻了出来，仿佛我们刚才在潜水艇里，现在终于冒出海面呼吸新鲜空气。

我们的面前有一座小丘，上面有一座白色的房子，和地图上画的房子很像，也有点像我们隔壁的新房子。我们的背后是一扇门，有一条小路，路的尽头有些水，是那条小溪！

“我们到奥兹国了吗？”

杰克很激动。

“澳大利亚有一片平坦辽阔的沙漠，他们称之为‘内陆地区’，还有一块叫‘乌卢鲁’的巨大红色岩石，”玛吉告诉他，“所以你再仔细看看。”

我们打开地图。杰克一个劲儿想说服我们去找澳洲野狗，他真的以为我们到了“南边的土地”！我们决定沿着小路走，跨过小溪就能到地图上标出的红色X这个位置，说不定就能找到那些不见了的玩具！

一路上，玛吉跟我们说起了她最喜欢的澳大利亚动物——鸭嘴兽。这种动物长着鸭子一样的嘴巴，会游泳，也能在陆地行走。我希望自己既有脚，又有翅膀，还有海豚尾巴，这样就可以去我想去的任何地方了。

弯曲的小溪挡住了我们的路，玛吉找到一个不是很宽的地方，让我和杰克跳过去。

“就像袋鼠那样跳到对面去！”她教我们。

我先跳，我弯曲膝盖，几乎就要碰到地面了……然后猛地往前跳……

我安全地落在了小溪的另一边。

第二个是杰克，只见他起跑，拼尽全力向前冲去，脚步越来越快，然后起跳，跃到空中……

他真像一只袋鼠宝宝，正好落在我身旁。

现在轮到玛吉了。

我不知道是不是因为她的腿太短了，或者是她助跑的姿势不正确，只见我们的保姆像一只试图单脚尖旋转的河马那样，扑通一声，掉进了小溪里。

她开始在水中滑行。

“鸭嘴兽就是这样游泳的。”她笑着说。

幸好玛吉穿的滑雪服是防水的。妈妈说得对——玛吉总是有备而来！

我仍然好奇给我们写信的神秘人究竟是谁，但我环顾四周，没看到其他人，除了……

“快看，美人鱼！”我指着一座美人鱼雕像，它就在地图画的那个位置上。

我们到目的地了！我们找到了X的位置。

果然，在美人鱼铜像旁边，有一个旧的木头玩具盒。

咯吱……

杰克小心翼翼地打开盒盖，我们不见的宝贝都在里面！杰克的警车、我的仙女屋、我们的跳绳和阿奇那根会发出声音的玩具骨头！

我们装好所有的玩具，开始往回走，跳过小溪，沿着小路爬坡。起风了，风把云吹散了，太阳又回来了，透过绿树在小路上洒下许多光斑，该回家去完成妈妈在纸条上列出的

事情了！

“看，”玛吉用手指着她在草丛里发现的一片又大又漂亮的树叶说，它很像一块花边，“这很像蛇皮！我想起来了，杰克，澳大利亚有很多毒蛇和蜘蛛。”

杰克咧嘴一笑，把叶子放进他的口袋里，他喜欢听和危险的动物有关的故事。

我们顺着弯曲的小路回到地道口，发现阿奇正好从里面探出脑袋，汪汪叫着。

我知道肯定是阿奇挖的地道！它很擅长挖洞，但它不可能写信啊，因为狗狗不知道怎么写字（而且我们收到回信的时候，阿奇就在旁边）。

突然，阿奇飞快地朝那座白色的大房子跑过去。

我赶紧追上去，我们刚找回不见的玩具，我可不想把宠物小狗弄丢了！

我跑到小丘上，看到一个年龄和我一样的女孩，怀里抱着一只毛茸茸的小白猫，阿奇正在她脚旁不停地叫。原来阿奇是看到女孩和小猫才跑上来的！

我有些不好意思地挥了挥手，我从来都不擅长结交新朋友。

“我叫安吉。”女孩自我介绍说。

我喜欢她的直接，她穿着一双粉红色的塑料凉鞋，脸上带着友好的微笑。

“你好，伙计。”杰克打招呼，他以为安吉是澳大利亚人！

“我叫杰米玛，”我告诉她，“这张地图是你给我们画的吗？”

“是的，”安吉回答，“很抱歉，我没得到你们的允许就借了这些玩具。地道是我挖的，当我从你们的花园里钻出来时，发现草地上有很多玩具。我们刚搬过来，我的玩具都还在行李箱里，没有拿出来。”

我告诉安吉，她可以玩我们的玩具。她让我们抱了下她的小猫（小猫叫三叶草），然后我们一起玩起了跳绳。每次轮到玛吉跳时，她都会被绳子缠住，我们只好重新开始。

“你到底是小孩还是大人？”安吉问我们的保姆。我不禁笑起来。

“每个人都会问这个问题！”我笑着跟安吉说。原来等

到假期结束、学校开学后，安吉就会去我们班上课！

我们玩了整整一个小时，阿奇追着三叶草绕圈跑，阿奇竟然不叫了。我教安吉侧手翻，她帮我倒立。杰克假装自己是一只小树袋熊，安吉还搂着他。后来我们又假装成鳄鱼，开始摔跤，安吉让杰克赢了。玛吉说自己是一只在晚上活动

的毛鼻袋熊，所以在树下睡着了。

这时，我发现我们还没有看过妈妈留下的纸条呢！在我们进地道前，玛吉在纸条背面写了那封询问信！幸好，玛吉还留着那张纸条，她大声念起来：

1. 可以让孩子们找到所有不见的玩具，然后收起来吗？

2. 带阿奇去散步。

3. 杰克要跟班上同学讲一次冒险经历，帮他想想怎么说。

已经6点钟了，该回家了！我们叫醒玛吉，跟安吉道别。

“再见，安吉。”我给了新朋友一个拥抱。

“开学之前，我们再玩一次吧。”安吉说。

“好极了，小不点儿们！”玛吉说，澳大利亚人就是这样说再见的。

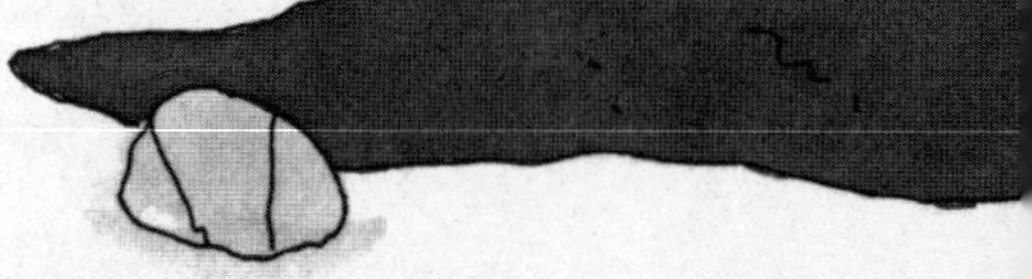

我们赶紧爬进地道里，我和杰克紧紧跟着玛吉，好几次都碰到了她的脚踝。不过这一次，带路的是阿奇，它的尾巴不停地摇摆，把泥土都甩到了我们脸上。

我们回到屋里，开始整理失而复得的玩具。阿奇回到它的睡篮里，开始打鼾。除了杰克的家庭作业外，纸条上另外两件事都已经完成了。

“杰克，你打算跟同学讲哪一次冒险？”我问弟弟。

杰克看着我，他的眼神就好像我是个傻瓜一样，“我**当然**要跟他们说我去澳大利亚的事啦！”天呐，我的弟弟仍然觉得他去过澳大利亚了！他打算跟同学讲巨大的红色岩石“乌卢鲁”、澳洲野狗和毒蜘蛛。杰克已经不再讨厌家庭作业了，但还有个大问题！

“可是，杰克，”我打断了他，“你说的这些，我们压根儿都没见过！”

“只是现在还没有见过，”杰克说，“但我们见到玛吉像鸭嘴兽那样游泳了，而且还发现了一张毒蛇的皮！”

他从口袋里拿出那片树叶，“玛吉，我们明天能再回澳大利亚吗？”

“当然可以！我是在第三次去地牢的厕所探险时才发现那个纯金的**卫生纸卷轴**的。”玛吉笑着说。

我记起来假期还剩几天呢！我们三个人坐在沙发上，我靠着玛吉的肩膀，努力让自己保持清醒。我想等妈妈回来，把新朋友安吉的一切统统告诉她，但我的眼皮就像“乌卢鲁”那样重。我希望玛吉明天还会来，这样我们就能再进行一次冒险了——说不定杰克能学会吹澳大利亚土著部落的传统乐器迪吉里杜管呢！

Marge and the Great Shopping Race

刺激的手推车比赛

“再看一次，杰米玛。”弟弟坚持。

杰克说的是他独创的新戏法，他拿着一个火柴盒，里面装着一根被切下来的手指，但其实那是他自己的手指，他在火柴盒上钻了一个洞，把抹着番茄酱的手指插进去！这一个礼拜，杰克用这个戏法吓唬了每一个人，太坏了。

“不，谢谢。”我摇摇头。我和杰克挤在前门的台阶上，等着保姆玛吉来。我感觉到寒意透过毛衣钻进身体里。

下周一就要开学了，我听到妈妈（她感冒了）跟爸爸说，她没办法带我们去剪头发和买上学穿的新鞋了。我并不惊讶。上一次我们去购物中心时，一个可怕的理发师给我剪了个乐高人仔的刘海。在鞋店里，杰克总是从爸爸妈妈身边跑开，还大叫着：**“我是一架飞机！”**

难怪妈妈不敢再带我们去了。

可开学第一天，我需要一双新鞋。而且杰克的头发也长长了，过去几周，他都顶着那一头蓬乱、有光泽的头发，头发长得遮住了他的眼睛，只露出了嘴巴！

好消息是妈妈去不了，还有保姆玛吉可以带我们去。玛吉是个个头矮小的女公爵，只要有她在，似乎总能发生一些有趣的事——有一次，玛吉还教一群亚洲象画自画像，所以说如果有人能带我们去购物的话，那就非玛吉莫属了。

但一想到要剪头发，我就有些紧张。我喜欢玩乐高人仔，可我不想剪和它们一样的发型。

我弟弟定了两条规矩：

1. 他不愿去购物。他觉得商场人太多，而且把衣服从头上套下去会让他的头发产生静电。

2. 他睡觉的时候一定要搂着毛线恐龙皮特。

嘟嘟，我听到了汽车喇叭声。

玛吉来了！

我看到我们的保姆了，她戴着蓝色的缎帽，穿一件蓝色的短上衣，像个皇家司机。她坐在驾驶座上朝我们挥手，我和杰克蹦蹦跳跳地跑过去，钻进她那漂亮又暖和的车里。

“看这个！”杰克拿出火柴盒。看到那根沾上了“番茄酱血迹”的手指，玛吉吓得倒吸一口气，帽子也滑了下来。

“是被饥饿的松鼠咬下来的吗？”玛吉问，杰克拼命忍住不笑出来，“还是被王后的卫兵用枪打下来的？”

我们都哈哈大笑起来。

玛吉凑近看火柴盒，杰克动了动他的手指，我们的保姆吓得往后一躲。

“它动了！这是一根僵尸手指！”玛吉尖叫起来。这时，爸爸走了过来，靠在车上。

“很抱歉，我今天不能和你们一起去了，我接到了工作电话。”他一边说，一边帮我们系上安全带。

“妈妈说我们两个都要买新鞋。”我告诉玛吉，感觉有点害羞。

“这是我的幸运比赛鞋，”杰克给玛吉看他脚上穿的那双破旧的绿色运动鞋，“我不需要新鞋，”他抗议，“穿新鞋我跑不快！”

“一路顺风，”爸爸说，“记住，玛吉说了算！”

我们的车倒出车道，我看到妈妈站在卧室窗口，给了我们一个飞吻，我真心希望她快点好起来。

对了，我跟你说过吗？玛吉是坐在增高椅上开车的，不然她只能看到方向盘，看不到车前面的情况！

玛吉一边开车，一边用她那颤抖的高音唱歌：

鞋子，鞋子，漂亮的鞋子！

找到合适的鞋子，你就不再闷闷不乐。

唯一让人头疼的就是选择哪一双。

系紧鞋带，这样你就不会得流感感了。

“‘流感感’是什么？”杰克问。

“就是一下子得了好几次流感，”玛吉说，“不过那比得‘哞哞叫’好多了，得了‘哞哞叫’，咳嗽起来就像牛叫一样！”

一开始，一切进展顺利，我们甚至在售票机附近找到了一个停车位。走进购物中心后，玛吉拿出妈妈的纸条，大声念了出来：

1. 请一定要让杰米玛和杰克剪头发。

2. 帮我买一些感冒药。

3. 请帮两个孩子买到合脚的鞋子——先量下脚的尺码。

随后，我们就遇到了麻烦。

“我不去商店！既无聊又愚蠢，总是要花**很长时间**！”杰克突然大喊大叫起来。我转过身，发现弟弟已经躺在地上了。

“借过。”一个留着胡子的男人说，小心地绕过杰克，仿佛他在机场丢了行李箱一样。

“小心！”

这太让人难为情了，人们接二连三地从杰克身上跳过去或者从他旁边绕过去，他们很生气，冲我们直摇头。虽然弟

弟快满5周岁了，可有时候，他表现得就像个刚出生的宝宝。

接着，玛吉也挨着杰克躺了下来！

她咧开嘴笑了，“这样很舒服啊！”

我们的保姆疯了吗?

他们两个咯咯地笑个不停，还把身体摆出大字型，胳膊和腿一起上下滑动，假装在玩“雪天使”，一群陌生人被他们堵在后面。我真希望自己现在能隐身。

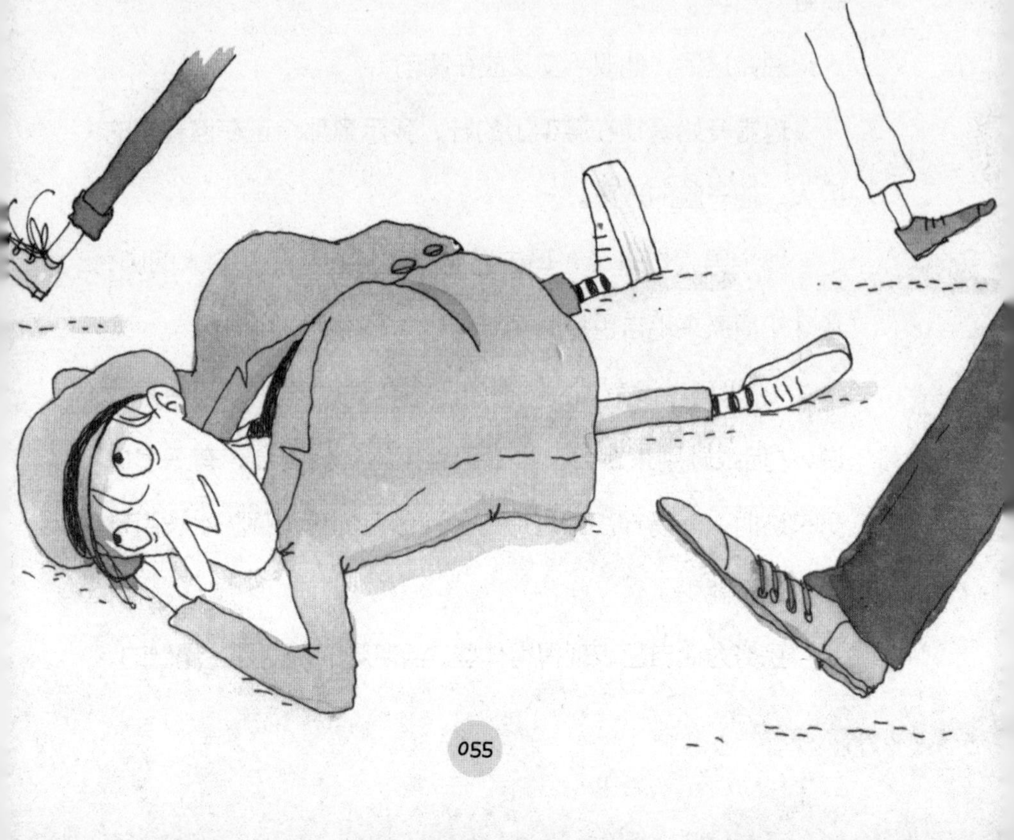

“我们比赛吧，看谁先跑到鞋店？”我向杰克提议，我实在想不出其他办法了。他对我做了个鬼脸，但谢天谢地，一分钟后，杰克跳了起来，左一拐、右一拐地绕过成群结队的顾客，飞快地跑向鞋店！

当我和玛吉终于赶上杰克时，他的脸上露出了胜利者的表情。

“看到我的运动鞋跑得有多快了吧？所以我坚决**不要**新鞋。”

说完这话，他双手交叉放在胸前。

玛吉开始看摆在鞋架上的鞋，我示意那个正在擦鞋盒的男人，他一脸的严肃。

那个男人过来了，玛吉请他帮忙量下我们三个人的脚，我才知道原来玛吉也打算买新鞋！

“杰米玛，没有人会觉得自己的鞋子太多了，”玛吉跟我说，“猫跟鞋用来跳舞，半高跟鞋用来参加宴会，有王室成员来访时，就得穿高跟鞋……各种颜色的惠灵顿防水长筒靴当然更不能少了。”

我努力让自己表现得得体些，但量脚的东西是金属做的，站上去实在是太冷了!

杰克不肯站上去。他忙着跑步，他在镜子周围设了一条跑道，不停地从这张沙发冲刺到那张沙发，这样我们就没办法抓住他的脚了。

我和玛吉都量好脚的尺码了，玛吉说我们可以试穿店里的所有鞋子，包括婴儿的小短靴。

“顾客永远是对的！”她跟店员说。

我们先试穿了几双登山靴，还爬上橱窗假装模特进行展示，但杰克不肯和我们一起玩。接着我和玛吉又换上了亮闪闪的紫色尖头鞋，跳起了踢踏舞，可弟弟仍然不肯脱下他那双幸运比赛鞋。

只有当玛吉穿上一双大大的毛拖鞋，蜷缩在沙发上，打算给杰克讲骆驼科特参加赛跑的故事时，他才愿意让我们接近他。

我们挤在一起，这样我和杰克才能听得更清楚。科特是

世界上速度最快的骆驼，可问题是它买错了鞋子，鞋子太小了，没法套到它的蹄上。结果在大戈壁骆驼赛跑中，科特得了最后一名。

“从那之后，他再也没有参加过赛跑。”玛吉一边跟我们说，一边擦眼泪。杰克的表情变得严肃起来，他同意量脚的尺码了，甚至愿意试穿新鞋——不过只穿一双！

我选了很多五颜六色的运动鞋，把图片拿给玛吉看，但

她觉得都不好看。最终，玛吉选了一双纯黑色的让杰克试穿，这双鞋看上去像是帕特爷爷才会穿的那种鞋子！

我很担心，玛吉选了一双堪称地球上最土的鞋子，杰克绝不会穿这样的鞋子去学校或者其他任何地方的，而且，鞋子是有鞋带的。

我们又是试穿，又是给杰克选鞋子，花了很长时间。已经很晚了，店里只剩下我们三个顾客，连店员都筋疲力尽了。

杰克叹了一口气，穿上了这双黑色的运动鞋，玛吉帮他系好鞋带。杰克跺了跺脚，不是很好看。

“等下，”玛吉说，“你得先双脚并拢，啪地立正。”

杰克照做了，突然他脚下打滑，看上去不会走路了一样，慢慢地，他站稳脚跟，开始滑行，越来越流畅。

哇！杰克的鞋子装了**轮子**？！

“我有一双魔法鞋！”杰克大声喊道，半跑半滑地从我们身边经过，脸上挂着大大的笑容，“这下我比最快的猎豹还要快啦！”

我松了一口气。杰克有了一双非常适合他的新鞋，很时尚，而且没有破洞！妈妈肯定会很高兴的。

我选了一双红色的漆皮鞋，弹性很好！玛吉给自己买了一双木屐。我们终于出发去理发店了，玛吉的木屐发出了有趣的啪嗒声。

理发店没有人排队，因为已经很晚了。但我没有看到平常给我们剪头发的女士（如果她躲起来，我也不会感到惊讶。

有一次，杰克的头发打了一个很大的结，那位女士试图梳开，结果杰克和她扭打成一团，一起摔倒在了地上）。店里只有一位女士，留着又短又直的头发。她戴着一块名牌，上面写着她的名字：**莉莉**。

“请坐在椅子上。”莉莉跟杰克说。

“你看上去就像一只刺猬。”杰克惊讶地说，没有立刻坐上去。

玛吉开始想办法说服我弟弟，她说剪短头发后会更具有“流线性”，跑起步来也更快。

听了这话，杰克一屁股坐上莉莉的椅子，甚至不像以前那样老是扭来扭去的，趁他安静的时候，莉莉正好能仔细地剪上两刀。一会儿的工夫，我弟弟的鼻子、眼睛和眉毛又出现了！

杰克开心地喊道：“**我能看见啦！**”

现在轮到我了，我觉得肚子有些不舒服，我不想剪头发。

“你想剪短多少？”莉莉问，冲我挥舞着她手里的剪刀。

我可不想像她那样，留一头又短又直的头发，我紧张得下嘴唇开始颤抖。

“我先剪，可以吗？”看到我的表情，玛吉主动说。

她脱掉帽子，一头漂亮的长发披散开来，有红色、绿色、黄色、橘色和蓝色，头发一直垂到她的腰间。

“彩虹长发公主！”莉莉吃惊地张大了嘴巴。

我一直很好奇，要是爸爸妈妈看到我们的保姆留着这样一头疯狂的长发或者知道她给自己的宠物长颈鹿缝了一双到膝盖那么长的袜子后，是否还会同意让她来照顾我们。

“可以把我最上面的头发做成蜂窝吗？”玛吉问，“中间弄得蓬松点，剩下的头发就在两边各梳一个发髻？”

莉莉花了好长时间来打理玛吉的头发，她往发梢的地方喷了些黄色的发胶，然后把一些黏糊糊的白色东西按摩进玛吉的头皮里。在等待的过程中，我和杰克把套在身上的罩衣当作披风，围着椅子比赛绕圈圈，谁绕得多谁就是超级英雄。终于……

哇！

玛吉的发型看上去棒呆了，之前披散下来的长发都盘到了头顶上。再加一些装饰的话，她就像一个生日蛋糕！

这下真的轮到我了，之前的害怕早已被兴奋取代。我赶紧坐到椅子上，面朝镜子。

咔嚓！啪嗒！沙沙！

莉莉剪好了，接着在我脸蛋两旁扎了两根漂亮的小辫子。我害羞地看着镜子，觉得自己像是换了一个人似的。

妈妈看到我们的样子，肯定会觉得很不可思议！

我们是理发店里最后一批客人，玛吉付了钱，我留意到外面已经完全黑了。

准备回家之前，杰克去了趟厕所。等我们出来后，购物中心里所有的灯都关了！

怎么回事？

“嗨……有人吗？”玛吉冲着黑暗喊。

可没有人回答，其他来购物的人肯定都回家了。我们推了推离得最近的那扇门，才发现我们被反锁在购物中心里了！

“不用担心，我的小伙伴们，”玛吉安慰我们，“这里肯定还有人，我们会出去的。”

我紧紧抓住保姆的手，三个人一起朝已经停运的自动扶梯走过去。周围静悄悄的，只有玛吉的新木屐发出的啪嗒声不断回响。购物中心里绝大多数店都关门了，大大的金属卷帘门遮住了橱窗，唯一的灯光是出口指示牌发出来的。

我害怕极了，而且我看得出来，杰克也非常害怕。

“这里没有人了。”弟弟跟玛吉说，眼里闪着泪花。

“没错！”玛吉说完，朝超市入口处摆放的购物手推车跑去，超市里也是空无一人，“也就是说这时候玩手推车比赛，没有人会阻止我们啦！”

我有些犹豫，但杰克很快跳进其中一辆手推车里，玛吉握住车把手，咧开嘴朝我笑。

于是我抓住另一辆手推车——老实说，我一直梦想着能这么做！

“预备，抓稳了……开始！”杰克喊着。

我们在发光的空地上来回奔跑，飞似的穿过巨大的冰箱区，尖叫着冲进黑乎乎的烘焙区。

手推车的轮子发出嘎吱嘎吱的响声，我觉得腿开始疼，跑得上气不接下气的，但还是追不上玛吉和杰克。

我发现两堆厨房用纸之间有一条近路，赶紧穿了过去，这下，我的手推车领先了。

我抵达了位于水果区的终点线……我赢了！我的发型肯定也让我变得更具有流线性了，但我真的累坏了。我走到大玻璃门旁，担心要是再找不到人让我们出去，我们就得在购物中心过夜了！

飕飕！！

我们把手推车留在超市，继续往主出口走去，幸好玛吉的手提包里有一个小小的手电筒，她负责照路。

“看，是露营世界，”玛吉指着一家户外商店说，这家店展出了几顶帐篷，“如果没有人来救我们，我们可以从这里借一顶帐篷和几个睡袋，然后露营。”

我看着一排排空帐篷，心里想开学第一天把露营的经历告诉班上其他同学肯定很棒，但我真的很想念自己的卧室，它就在爸爸妈妈的房间隔壁。而且没有恐龙皮特，杰克也睡不着。我希望我们能出去，不用在这里露营。

“最糟糕的是，”我说，“我们没有完成妈妈在纸条上列出的事情，我们还没有买能让她快点好起来的药呢。”

“我想妈妈了。”杰克拉住我的手，开始抽鼻子。

就在这时，我们看到远处出现了一个保安。他就在主出口旁边，刚关上泳装店的门。我们拼命朝他挥手，大声喊叫，可他离我们实在太远了，压根儿就没有听到，就算我们跑过去，也来不及了。

怎么办呀?

“保安叔叔！”弟弟大声喊起来，踩着他那双带轮子的新鞋，飞快地滑起来，他用力蹬着两条腿，速度越来越快。

杰克猛地撞上玻璃门，把保安吓了一大跳，他成功地引起了对方的注意。

“让我们出去！”杰克气喘吁吁地说。我和玛吉好不容易追上了他们。

保安摇了摇头，一动不动，“这么晚了，你们不应该还

留在这里。”

“我们有很重要的事情要做，今天一定要完成。”玛吉解释。

“而且我们还要完成很重要的手推车比赛。”弟弟补充说。

“我很抱歉。”我礼貌地说。

我们三个满怀希望地盯着保安，可他的脸变红了，我担心他会责备我们或者打电话告诉妈妈。如果我们被禁止再进入购物中心，妈妈肯定会发火的。

玛吉和计时员罗杰！

“在城堡里，”玛吉解释说，“有一位皇家计时员专门跟着我，负责提醒我什么时候该做哪些事。你们没能为每一个顾客提供这样的计时员服务，实在是太遗憾了。”

“看呐！”杰克又玩起了火柴盒戏法，他把沾上番茄酱的手指拿给保安看。

“**啊啊啊！**”保安惊叫起来，往后一跳，“我一见到血就发晕。”

他赶紧打开门，把我们领了出去。

“好极了！”玛吉说，“听我说，马路对面有一家开到深夜的药店。”

太棒啦，我们可以帮妈妈买药了，这样一来，纸条上列出的事情都完成了！多亏了杰克那个愚蠢的小戏法。

路灯亮了，当玛吉把车停在我家车道上时，天开始下雨了。

“再见，小顾客们。很抱歉，我不能陪你们进去了，”玛吉两脚并拢，新木屐发出了声响，“今晚，我要在谷仓举办木屐舞比赛。我的对手是克莱兹代尔马兰斯洛特，他生来就有优势，出生的时候脚上就穿着木屐，这对我来说不太公平！

祝我好运吧！”

“再见，玛吉。”我们给了她一个大大的拥抱。

她按了按汽车喇叭，跟我们道别。爸爸撑着伞出来接我和杰克。

我们穿着新鞋，争着往楼上妈妈的卧室跑去。杰克告诉妈妈，是他拯救了大家，他露出了我从没见过的自豪表情（除了他用袜子做了个小玩偶那一次）。

“猜猜看？”他咧开嘴笑着说，“我竟然**喜欢**购物了！”

弟弟很喜欢他的新鞋，我也很喜欢自己的新发型。和今天早上相比，我对重回学校更有信心了，准备也更加充分。

“你感觉好些了吗？”我问妈妈，“爸爸说你的脸色很差。”

“现在你们两个安全到家了，我感觉好多了。”妈妈微笑着对我说。

我们扮演起医生和护士，确保妈妈吃下合适剂量的药。杰克还告诉妈妈，如果她愿意，可以留着他那双破了的旧鞋，这样妈妈也能跑得更快。

爸爸过来了，他说妈妈需要休息，于是杰克拿来了恐龙皮特，让它陪妈妈一起睡觉，我帮妈妈盖好被子。

我和杰克手拉着手，踮着脚，小心翼翼地走出妈妈的卧室，幸好我们穿着新鞋，没有发出任何声响，楼下还有丰盛的晚餐等着我们呢。

Marge and the Lost Kitten

全体出动！寻找小猫三叶草

嗨，又见面啦，我是杰米玛·巴顿，我们还在放假，不过没剩下几天了！

等假期结束，我们就要回学校了。

爸爸妈妈的假期已经**结束**了，所以今天我们那了不起的保姆玛吉会来照顾我们。妈妈把我们该做的事都写在了纸条上，它们是：

1. 杰米玛需要准备好学校要求展示并介绍的内容。

2. 把冰箱里剩下的千层面吃掉。

3. 帮杰米玛整理好书包。

我很紧张，甚至还没想好要展示并介绍什么。我的书包整理得差不多了，但杰克用沙发垫子搭了个很棒的堡垒，我的注意力又被分散了。

叮咚！

我和弟弟冲出堡垒，争着去给玛吉开门。我们的保姆穿着橘黄色的芭蕾舞裙，脚上是一双芭蕾舞鞋，一块粉红色的头巾包住了她的头发，她旋转着进入走廊。

“玛吉，你刚上完舞蹈课吗？”妈妈边问，边和我们吻别。

玛吉一脸的惊讶。“为什么她这么认为？”她悄悄地和我说，把我逗笑了。

“纸条贴在冰箱上，玩得开心哦！”妈妈的声音从门口传来，“孩子们，记住，阿奇说了算！”

我们都哈哈大笑，因为阿奇是我家养的宠物小狗，它长着个狮子鼻。

“开个玩笑。”妈妈说着关上了门。

“玛吉说了算！”杰克不停地叫。

玛吉解开头巾，露出了那一头彩虹色的头发，但她的表情很严肃，和平常很不一样。她拿出一张纸说：“我发现它就贴在树上。”

这是张海报，上面印着一张小猫的照片和两个大字：**寻猫**。

我认识这只毛茸茸的白色小猫！它是新邻居安吉养的猫咪，名叫三叶草。

“三叶草不见了！”我大声地告诉杰克，他阅读的速度比我慢。

“我们等一会再去完成你们的妈妈在纸条上列出的事情，”玛吉说，“我们得立刻展开拯救三叶草行动。”

我和杰克围在一起，仔细阅读那张寻猫海报。

我无法想象安吉现在有多担心，三叶草才六周大！它肯定吓坏了，孤零零地在外面，找不到回家的路。

杰克的想法肯定和我一样，因为他认真地说："我们必须尽快找到它。"

我点头表示同意。

玛吉告诉我们，作为"寻猫侦探"，第一个任务就是准备好装备。她把我书包里的东西都倒了出来，我肯定妈妈不会介意的，只要我们到时候把所有东西都放回去就行，接着我们开始往里面装今天寻找小猫可能需要的东西。

杰克放了一个放大镜，因为侦探故事中总会出现放大镜。我带上了望远镜和爸爸的园艺手套，万一我们要去很脏的地方救三叶草呢。

"猫喜欢吃意大利美食。"玛吉从冰箱里拿出剩下的千层面。猫真的喜欢吃意大利面吗？我很好奇。这样一来，我们午饭吃什么呢？

"佛罗伦萨最有名的比萨师傅就是一只名叫吉奥·德尔·玛格丽塔的猫，"玛吉告诉我们，她把千层面放进饭盒里，"意大利其他猫科动物会成群结队去它的餐厅。"

我跟杰克解释，猫科动物包括猫以及其他和猫长得很像的动物，但他一听到比萨就馋得流口水，我不知道他到底有没有听进去。

“遗憾的是，它生下宝宝后就退休了，在托斯卡纳山区开了一家冰激凌店。”

我舔了舔嘴唇，我不介意现在吃上一个冰激凌。

今天天气很好，阳光灿烂，但我们带着阿奇，急匆匆地走着。我们觉得三叶草可能就躲在小区的某个地方，可小区这么大，我们怎样才能找到那么小的一只猫咪呢？

“让我想想，”玛吉说，“我们得像三叶草那样思考，好侦探都是这么做的。我们得像三叶草那样行动，像三叶草那样走路……要找到三叶草，我们必须变成它！”

玛吉说得对。如果我像小猫那样思考，就更容易知道它可能去哪里。我发出咕噜咕噜的声音，就像猫一样，表示同意。

我们的保姆双手和膝盖着地，在人行道上爬起来。“喵喵。”她回头对我叫了一声，我和杰克也照做了。

喵……

就这样，我们像猫一样沿着街道爬，想象自己那毛茸茸的尾巴高高翘起。从低处看世界，感觉很有趣。但阿奇露出

喵……

了困惑的表情，我们三只猫正带着一条小狗！

“猫还会做什么？”杰克问。

“猫会给自己洗澡。”我告诉他。我看过三叶草用它那扎

人的舌头舔遍自己的全身。

杰克开始舔他的手臂，“呃，”他说，“是防晒霜的味道！”

我们用爪子挠了挠树，然后爬到街对面，往公园的方向前进——我们的动作很慢，因为猫就是这样的。

“留意猫留下的印迹。”当我们爬过公园大门时，玛吉说。我们都希望能在这里找到一些小猫留下的线索，例如沙子里的爪印或者猫便便。

突然，玛吉向游乐场跑去。她看到一群小鸟，开始追它们，像一只真正的猫那样！阿奇也喜欢追逐，它跟在玛吉后面，我和杰克紧随着阿奇，嘴里不停地喵喵叫。

我们从一个刚学会走路的小宝宝身边跑过。

“喵喵喵。”她跟着叫起来。她以为我们这些寻猫侦探是在玩游戏呢，想加入进来！

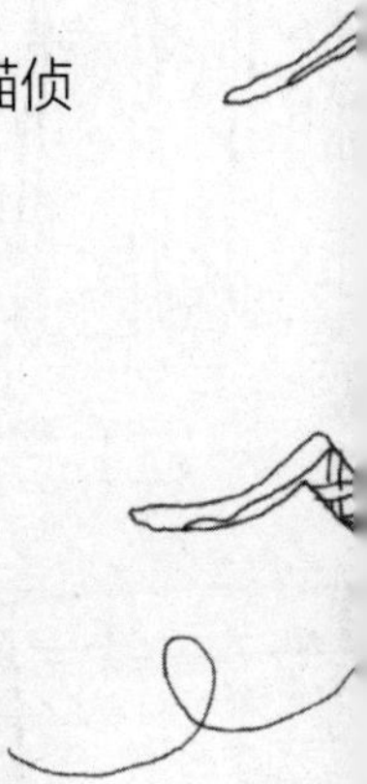

她的几个小伙伴也想和我们一起玩，很快，游乐场里所有的孩子都开始跟着我们跑起来。一大群孩子假装成猫，还有很多被搞糊涂了的宠物

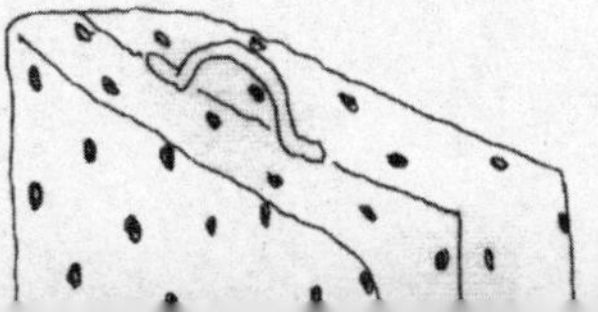

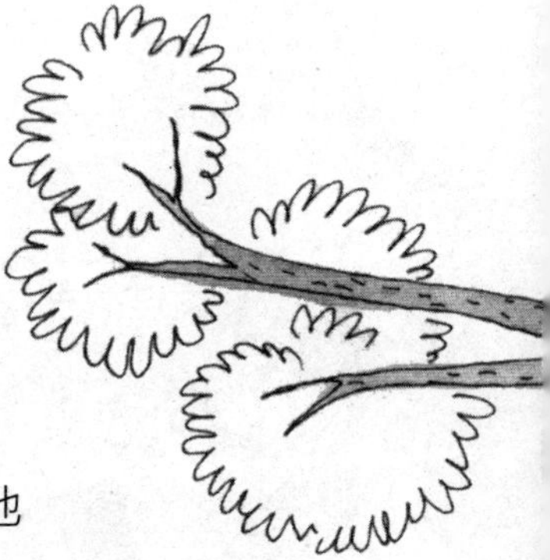

狗。你能听到猫叫声和狗叫声，还有鸽子被激怒后发出的尖叫声，有些两岁大的小孩甚至扭打在一起！

杰克和阿奇绕着树不停地跑着，他们轮流追对方，玛吉爬到树上休息。

过了一会儿，杰克抱怨说："我的腿酸了。"

哎呀，我突然想到一件事，"如果连杰克都觉得腿酸，三叶草那么小，肯定走不了那么远，它一定就在离家不远的地方！"

我真是个好侦探！

"太棒了，杰米玛！"玛吉祝贺我，"你真的学会了像猫那样思考问题。"

游乐场

于是我们决定往回走，去家附近寻找三叶草。我真心希望自己的预测是对的，我们得尽快找到三叶草，而我还有点担心，怕完不成妈妈在纸条上列出的开学前要做的事。我没有准备好展示并介绍的内容，上学要用的东西都散落在地板上……

我们回到家所在的那条街上，我家与安吉家只隔了几座房子。这时，人行道上有些东西引起了阿奇的注意。它拼命地嗅着，但我们没有发现任何东西。杰克拿出放大镜，我们凑在一起，仔细看。

“一根胡子！”玛吉喊起来，我小心翼翼地从地上捡起一根白毛，它非常非常细。

“你能确定这是一根胡子吗？”杰克问，“也有可能是巫师的头发。”

“或者是老鼠的跳绳！”我补充说。

“那就让我们来测试一下吧，”玛吉说，“猫的胡子是地球上最容易让人发痒的东西之一——比羽毛还痒，比手织的套衫还厉害，甚至超过了圣诞老人的胡子。现在，谁来试一下呢？”

“杰米玛，”杰克指着我，“她一点儿也不怕痒。不管是挠脚底板，身体侧面，还是胳肢窝，她都不怕。”

他说得没错。杰克很怕痒，而爸爸说我百分之百不怕痒。

我抬起下巴，准备接受挠痒痒测试。玛吉拿着那根细毛，在我的脖子上慢慢移动。一开始，我一点儿感觉都没有，但慢慢地，我觉得皮肤表面好像起了好多小泡，终于，我忍不住笑出了声。

“这肯定是猫的胡子。”杰克严肃地说。阿奇汪汪地叫着，表示同意。

只有三叶草才会有这么细小的胡子，它肯定来过这里！我们继续搜索，在附近的树上仔细寻找猫爪印。

隔壁那座房子有铁丝网围栏，玛吉在上面发现了一个小洞，她很激动。

“啊哈！”她大声喊道，得意地挥动手指。

我们蹲下来，凑近看，有一小簇白毛卡在围栏上，很像小猫的毛！

小猫似乎喜欢探索这种地方，但玛吉觉得我们必须百分百肯定才行。她再一次双手和膝盖着地，朝围栏的缺口爬过去。虽然她的头和手钻过去了，但身体其他部分肯定过不去。

还没等我发出警告，玛吉的肚子就被卡住了，她就像个菠萝果冻！

“我被卡住了！”玛吉吃惊地叫起来，两条小腿不停地晃动。

杰克抓住她的脚，试图把我们的保姆拉出来，但不管用。

“试试看往里推。”我提议。我们用力推，可玛吉依旧一动不动。

“我想起来了，有一次，我的头卡在我最好的那件晚礼服里，”玛吉告诉我们，“当我在王宫的走廊里游荡时，王后还以为我是一个无头鬼呢！幸好，就在我快要滚下楼梯，跌进王宫的楼梯井之前，海军上将塞西尔·查尔斯救了我。”

乔装打扮也不是好事！

天呐，我们该怎么办？要是爸爸妈妈在就好了。爸爸会有解决办法的，有一次，我的手指被玩具茶杯卡住了，爸爸只用黄油就把我的手指拿了出来。他还跟我说过一件事，在他小时候，头不小心卡在楼梯栏杆中间！他的妈妈（也就是我的奶奶）很不高兴，因为她得打电话叫消防队来帮忙。

等下，有办法了！

“我们可以打电话给消防队。”我提议道。

杰克的眼珠快要瞪出来了。我4岁的弟弟最想见的就是真正的消防队员，但我看得出来，他很紧张。打电话找消防队是一件很严肃的事，我们在学校里学过，除非遇到紧急情况，否则不能随便打电话给他们，但我想不出其他办法来救我们的保姆……

玛吉同意了我的提议。我们开始翻她的大包，找出她的电话。我可不想一不小心就打给王后，但玛吉的手在围栏的另一边，我们该怎么做呢？

“不用担心，我可以用脚趾拨号码，我经常这么做。”

玛吉蹬掉她的芭蕾舞鞋，动了动她的脚趾，在电话屏幕上按起来，她每按一个数字就换一个脚趾。

没过多久，我们就听到消防车的警报声，声音越来越大，很快，一辆巨大的红色消防车出现在我们这条街上，亮闪闪的银色轮子飞快地转动着！

消防车里走出一男一女两名消防员，他们穿着大大的黄色消防服，看上去有点像外星人。他们的脸上沾着泥巴，男消防员握了握我的手。

“你好，”他说，“我是安德鲁，她是爱丽丝。”

我冲爱丽丝笑了笑，有点害羞。当我把发生的事告诉两名消防员时，杰克就躲在我身后。

爱丽丝和安德鲁马上工作起来。他们询问了玛吉现在的感觉，她提出要喝一杯英式早茶，再来一盘烤饼。

爱丽丝和安德鲁大笑起来。

“你不是在餐厅——我们是来救你的！”爱丽丝对玛吉说。

安德鲁走到消防车后面，等他回来的时候，手里多了一把超大的剪刀。他把玛吉身体周围的金属丝都剪断了。爱丽丝戴着很厚的手套，负责把金属丝掰弯，这样就不会刺到玛吉了。我也戴上爸爸的园艺手套，帮爱丽丝一起掰。

“我自由啦！”玛吉做了个高踢腿，虽然踢得不高，接

着又行了个屈膝礼，“实在是太感谢了。”她对爱丽丝和安德鲁说。

接下去发生的事，你肯定不会相信。没错，爱丽丝和安德鲁允许我们跳上消防车！

我和杰克查看了里面所有的设备，例如警铃和控制面板上的闪光灯，酷极了。

我觉得或许有一天，我会想当一名消防员。

“我曾犯过一个错误，在仲夏节的野餐会上，我一心一意帮助松鼠一家偷法棍面包，没留意自己坐得离蜡烛太近了。”玛吉告诉我们。她摇了摇头，“我穿的丝质灯笼裤被烧焦了，有整整一个礼拜，我都不能坐下来！”

爱丽丝和安德鲁忍不住咯咯笑起来，然后爱丽丝告诉玛吉，如果她的灯笼裤再着火，千万记住三步自救法：停下来，马上倒在地上，在地上打滚。

当玛吉在地上来回滚动时，爱丽丝让我和杰克试穿了消防服。原来消防服这么大，我们两个人可以穿一件！我钻进左腿裤管，杰克钻进右腿裤管！

接着，安德鲁让我们试拿软管。软管有好几英里长，非常非常重。当安德鲁打开水龙头，放了一分钟水后，我和杰克差点摔倒。水喷涌而出，我们的身体失去了平衡。我们拼命抓住不停晃动的软管，仿佛是在跟一条巨蟒搏斗！

爱丽丝和安德鲁还同意让我们摸了一下消防车的方向盘，过把瘾。我们刚坐下来，广播突然噼里啪啦地响了起来。

“9号车，有人说在你们附近的区域，有一只猫科动物被困，你们能去现场吗？”

“就是说有一只猫被卡住了。”爱丽丝解释说。

我知道猫科动物的意思，我看得出来杰克也懂。那只被困的猫可能就是三叶草！我们差点儿把它给忘了。

我告诉消防员，我们正在寻找一只走丢了的小猫，他们叫我们一起去，看看那只被困的猫是不是三叶草。

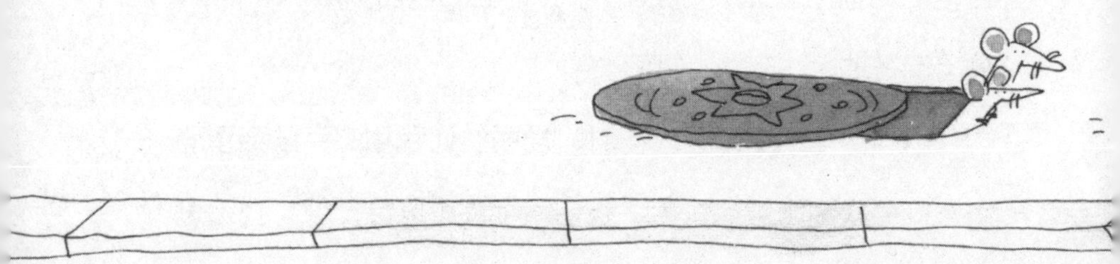

太棒啦！

我和杰克、玛吉爬上车坐好，安德鲁对我们说："系好安全带！我们要出发啦！"

呜~哇！
呜~~哇！

消防车开动了，警报器发出了刺耳的声音，非常响。我的头也跟着嗡嗡响，就像钟一样，我捂住了阿奇的耳朵。幸好，消防车沿着我家所在的街道只开了一小段路，我们看到有一些人围在一棵高高的树下。

有一个白色的小东西趴在**高高**的树枝上。

我们从消防车上下来。"你确定那是一只猫吗？"爱丽丝问一位站在人行道上的女士，"实在是太小了！"

玛吉耸耸肩，"像是威尔巴罗公爵夫人不见了的白色毛手套。"

"快！"我跟杰克说，"望远镜！"

他从我的书包里拿出望远镜一看，被困在树上的就是三叶草，千真万确！安吉肯定很高兴！

安德鲁也拿起望远镜看起来。

“你们打算怎样把它弄下来？”杰克问。

“看好了。”爱丽丝笑着回答。她回到消防车上，按了一个大大的红色按钮。

嘎吱……哐啷……

慢慢地，慢慢地，消防车后面升起一架梯子，逐渐展开，越来越高，升入空中。

安德鲁带了一个小笼子，沿着钢梯往上爬。靠近三叶草所在的那根树枝后，他小心地把身体探了过去。

但安德鲁穿着大大的消防服，还戴着头盔，他的样子让三叶草很害怕。小猫往后缩，接着跳到了一根更高的树枝上。

安德鲁试了好几次，可三叶草实在是太害怕了。我的脚发麻了，因为一直仰头往上看，脖子也开始发酸。最终，安德鲁放弃了，他从梯子上爬下来，叹了一口气。

FIRE

哦不，这下三叶草怎么办？不能让它整晚都留在树上！

这时，玛吉想出了一个好主意，“让我上去，”她恳求说，“我训练过王后的猫，教毛茸茸、小兔兔和胖尾巴在丝帕上绣它们名字的首字母。既然我能教它们刺绣，肯定也能让这只小猫安全下来。”

没等爱丽丝和安德鲁阻拦，玛吉就脱掉她的芭蕾舞鞋，拿起我的书包，爬上梯子。她真勇敢！

玛吉越爬越高，越爬越高，她学猫的叫声给三叶草唱歌：

沙丁鱼、鲑鱼和老鼠，你喜欢吃哪一个？

你一天吃一顿，还是吃三顿？

除非你安全下树，不然玛吉不会走哦。

很快就能回家啦，你这只毛茸茸的小白猫！

她拿出剩下的千层面，我觉得我们的保姆实在是太蠢了！但三叶草似乎很喜欢玛吉。她离小猫越来越近，终于一把抓住了小猫，亲了下它的小脑袋。

好哇！ 我和杰克欢呼雀跃，高兴地拍起了手，三叶草安全啦。

玛吉低下头，得意地看着我们，但突然，她惊讶地倒吸了一口气，我想玛吉肯定没想到自己居然能爬那么高！

“**啊啊啊！**”玛吉尖叫起来，紧紧抓住梯子，“我又卡住了！”她紧闭双眼，脸色变得死一般的苍白。“我恐高！”

“不用担心，我们会把你们两个都救下来的！”爱丽丝大声喊道。她调整了下梯子，然后往上爬，给玛吉和三叶草系上保护带。慢慢地，我们的保姆和小猫摇摇晃晃地下来了。

我捂住眼睛不敢看，手心里全是汗，心里七上八下的。接着我听到耳边传来呼噜声，感觉到有四个小爪子落在我的肩膀上。是三叶草，玛吉就站在旁边，安然无恙！

我和杰克、玛吉拥抱在一起，安德鲁找出两顶塑料消防头盔，送给我和杰克做纪念！我抱起三叶草，它狼吞虎咽地吃着千层面。

爱丽丝和安德鲁开车带我们来到安吉家。

“三叶草！”看到这个毛茸茸的小朋友，安吉开心地叫起来。安吉的妈妈很感谢我们的帮忙，她拿出冰激凌，分给我们每一个人。

我们和新认识的消防员朋友告别，就在这时，爸爸妈妈回来了，你真应该看看当他们俩看到邻居门口停着这么大一辆消防车时脸上的表情！

“杰克和杰米玛，再次感谢你们的帮忙，”临走前，爱丽

丝说道，“如果没有你们，我们肯定没法把小猫救下来。还有你，玛吉！”

“孩子们？！”爸爸吃惊地张大了嘴巴。

杰克一头扎进妈妈的怀里，用手按住往后掀的消防头盔。“我拿过真正的消防软管了，玛吉还被困在树上！”

我们把拯救三叶草的戏剧化经历讲给爸爸妈妈听。妈妈很为我们自豪，她觉得这件事非常适合作为展示、介绍的内容。可我还担心一件事：我还没有整理好书包呢。不过至少现在，我有了一顶消防头盔，还经历了一次很棒的冒险，等开学第一天，我就可以告诉同学们啦。

玛吉和我们拥抱告别，她把书包还给我。

“干得好，我的小小捕猫手们。”她说。

我们的保姆肯定是个魔法师，因为当我打开书包时，发现所有的书和笔都在里面，上学的东西都准备好了——此外，包里还有杰克的放大镜、我的望远镜和三叶草那根银白色的胡子。

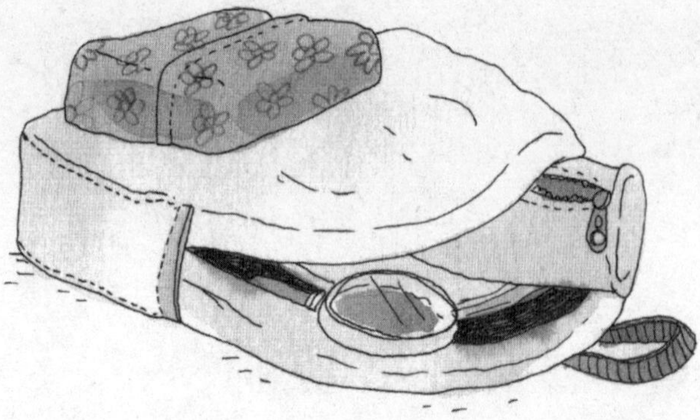

你读过其他关于玛吉的

有趣故事吗？

Marge in Charge 神奇保姆玛吉
Marge in Charge
皇家保姆玛吉驾到
1
[澳大利亚] 艾拉·菲舍尔（Isla Fisher）著
[法] 爱格兰蒂·瑟勒芒斯（Eglantine Ceulemans）绘
中国青年出版社
CHINA YOUTH PRESS
中青文传媒

皇家保姆玛吉驾到

这一天，家里突然来了一位不速之客，爸爸妈妈说她是来照顾我和弟弟杰克的保姆：她看上去又老又矮，留着一头彩虹色的长发（大人不在的时候才露出来哟），比弟弟杰克还淘气，最“可怕”的是，她会随便修改妈妈定下来的规矩……事情好像越来越糟，这可怎么办呢?

Marge in Charge 神奇保姆玛吉
Marge and the Pirate Baby
家里来了个
“海盗宝宝”
2
[澳大利亚] 艾拉·菲舍尔（Isla Fisher）著 [法] 爱格兰蒂·瑟勒芒斯（Eglantine Ceulemans）绘
中国青年出版社
CHINA YOUTH PRESS

家里来了个“海盗宝宝”

小表妹扎拉来了，阿姨和妈妈都说她是小天使，只有我和弟弟杰克知道扎拉可是个“海盗宝宝”：她总是随便乱拿我们的东西，恶作剧地把口水吐到杰克的白色新鞋上，生起气来声音大得就像“救护车”……幸好这一次保姆玛吉也在，她能照顾好这个“海盗宝宝”吗？

Marge in Charge 神奇保姆玛吉

Marge and the Great Train Rescue

了不起的玛吉

3

[澳大利亚] 艾拉·菲舍尔（Isla Fisher）著　[法] 爱格兰蒂·瑟勒芒斯（Eglantine Ceulemans）绘

中国青年出版社
CHINA YOUTH PRESS
中青文传媒

了不起的玛吉

玛吉真是了不起！在她的带领下，我们用遥控卡车拔掉了杰克那颗松动的牙齿，拯救了一列被奶牛阻碍前行的火车，还参观了动物园里各种各样的奇妙动物……